in love

Fabien Clavel

LE CHOIX DE BÉRÉNICE

RAGEOT

Cet ouvrage a été imprimé sur un papier
issu de forêts gérées durablement,
de sources contrôlées.

ISBN : 978-2-7002-4654-4

CÉSARÉE

1

Lorsqu'il apprit que ses parents envisageaient de passer leurs vacances d'été à Césarée, en Israël, pour la troisième année consécutive, Arslan fut pris d'envies meurtrières qui eurent pour cible, dans l'ordre :

o lui-même (l'idée l'effleura à peine);

o son père et sa mère (il accorda une seconde entière à cette pensée);

o le monde entier.

Il s'arrêta sur cette dernière option, voyant l'univers à une disparition apocalyptique dont il aurait été le maître d'œuvre. Il se voyait déjà en grand méchant, écrasant le globe terrestre dans ses mains en poussant un ricanement de triomphe maléfique.

Puis, comme il avait été éduqué dans des principes humanistes, il renonça à cette violence, se contentant de se morfondre, l'œil hagard, en particulier quand ses parents le regardaient.

Sa mère finit par se justifier alors qu'il récriminait encore contre ce projet.

— Voyons, Arslan, tu sais que j'aime beaucoup Césarée. C'est là que j'ai rencontré ton père. Et il doit y voir un client, cette année.

Ces arguments achevèrent de convaincre le jeune homme. À contrecœur, il se tut et n'adressa plus ses plaintes qu'à son meilleur ami, Aydin.

Ce dernier était sans doute le seul à connaître un Arslan plus détendu. Car il souffrait d'une timidité maladive qui l'empêchait à peu près de prendre la parole en public et devant des personnes qu'il ne connaissait pas.

Bien sûr, en compagnie de jeunes filles, il était muet, austère, ténébreux.

Avec Aydin, il se sentait en confiance. Les deux garçons étaient amis depuis des années.

Arslan était riche, Aydin était sociable.

Aydin parlait sans cesse et Arslan offrait en silence des bonbons, des places de cinéma ou de concert. Cela ne les gênait ni l'un ni l'autre car ils se complétaient admirablement.

En quelques jours d'école, ils étaient devenus inséparables, au point qu'on les prenait parfois pour des frères, l'un sombre, l'autre radieux. Aydin avait le don de mettre tout le monde à l'aise. Où qu'il entre, il donnait l'impression d'être chez lui. Il abordait les filles sans gêne aucune, pouvait les complimenter d'une façon si appuyée qu'il les faisait rougir, tandis qu'Arslan demeurait muet comme une tombe.

Bien vite, Aydin avait été accepté dans la famille.

Aydin décrocha dès la seconde sonnerie.

— *Laisse-moi deviner... Tes parents retournent à Césarée cette année encore.*

— Exactement. Je ne sais plus quoi faire...

— *Tu pourrais peut-être songer à te réjouir. Beaucoup aimeraient avoir des vacances aussi exotiques que les tiennes.*

Arslan eut un peu honte de s'être plaint ainsi. Son ami n'avait pas les moyens de quitter la Turquie pour l'été. Il se contentait d'aller vers l'intérieur des terres pour voir sa famille, en Cappadoce.

— Je suis désolé, commença-t-il.

— *Ah, non, pas de ça entre nous! Je ne te reproche pas ton argent. Et je n'aime pas que tu t'apitoies sur les revenus modestes de mes parents.*

Ils abordaient rarement le sujet parce qu'ils le savaient difficile.

Soudain, Arslan eut une idée :

— Et si je t'invitais à venir avec moi?

Un silence accueillit sa proposition. Arslan se rendit compte qu'il avait commis une erreur. Il donnait l'impression de faire la charité à son ami. Et pour améliorer son propre confort.

Après un soupir, Aydin lui répondit enfin :

— *Tu sais, j'accepte tes petits cadeaux parce que tu me les offres sans arrière-pensée. Jamais tu n'aurais l'idée de me réclamer quoi que ce soit en retour.*

Il parlait sans aucune méchanceté. D'ailleurs, Arslan était entièrement d'accord avec lui.

— *Mais des vacances, c'est trop. Jamais je ne pourrais te le rendre. Tu finirais par m'en vouloir. Un jour, dans un mouvement de colère, tu me reprocherais d'avoir accepté un cadeau aussi somptueux. J'ai déjà vu l'argent pourrir des amitiés. Je refuse qu'il gâche la nôtre.*

— Excuse-moi, je n'avais pas réfléchi...

Comme à chaque fois qu'il était gêné, Arslan ne trouvait plus ses mots. Il restait sombre, silencieux.

Heureusement, Aydin finit par dénouer la situation d'un éclat de rire :

— *Et pourtant, crois-moi, j'adorerais découvrir Césarée. Ce serait ma première sortie hors de Turquie. On attendra que je devienne un homme d'affaires important. Et là, on partira ensemble.*

— Avec nos copines respectives !

Aydin marqua un temps. Il semblait hésiter à lui confier quelque chose.

— *Si tu veux*, lâcha-t-il enfin. *Et puis, ne sois pas défaitiste, tu feras peut-être une rencontre qui changera ta vie.*

— Si seulement c'était vrai ! Mais je ne vois pas comment je pourrais aborder qui que ce soit sans toi.

Arslan n'avait jamais pu nouer la moindre relation amoureuse. En présence des filles, il était plus que muet, il était farouche, craignant qu'un mot, un geste ne vienne le blesser profondément. S'il se forçait à parler, des propos assez durs lui montaient aux lèvres. Certaines appréciaient son côté mystérieux mais son air maussade finissait toujours par les décourager.

D'ailleurs il ne se souvenait pas non plus d'avoir vu Aydin avec une amie. Il ne se liait vraiment à personne d'autre qu'Arslan.

Ce dernier raccrocha, un peu secoué par la discussion. Ils se disputaient rarement mais il avait parfois le sentiment de ne pas agir comme Aydin l'aurait voulu. Il enviait l'aisance de son ami. Jamais il ne lui aurait causé le moindre mal. Arslan aurait aimé le protéger et l'entourer comme il savait si bien le faire avec lui.

En tout cas, cet été encore, il était condamné à la solitude.

2

Quand l'avion les eut déposés à Tel-Aviv et qu'un taxi les eut conduits dans la Césarée moderne, Arslan dut s'avouer qu'il avait un peu noirci le tableau. La plage était superbe et le temps magnifique. Ils résidaient dans l'hôtel le plus luxueux de la région.

Son père ayant à cœur de passer ses vacances à travailler et sa mère préférant la piscine à la mer, Arslan se retrouva bientôt livré à lui-même.

Il retourna alors aux ruines antiques.

Le site s'étirait en une étroite bande de terre le long de la Méditerranée. Au sud, on trouvait le théâtre, extrêmement bien conservé et dont les gradins arrondis pouvaient accueillir des milliers de personnes. Puis, venait l'hippodrome que les vagues venaient lécher sur le flanc et parfois envahir. Ensuite, la jetée du port construit par

Hérode s'étendait encore sur les flots mais, pour Arslan, elle avait été défigurée par une construction moderne qui en occupait l'extrémité et qu'on avait baptisée la Tour du Temps. On y diffusait aux touristes distraits des films sur l'histoire de la ville depuis deux millénaires et trois siècles.

Le jeune homme préféra passer son chemin, franchir les pelouses parfaitement entretenues pour aller directement au nord des ruines et retrouver son ouvrage favori.

À peine fut-il en vue du vieil aqueduc qu'il se sentit rasséréné. Les pierres et le soleil le plongeaient dans une sorte de tranquillité. Il aimait passer du temps ici malgré ce qu'il en disait.

L'architecture romaine le fascinait. Les arches, si harmonieuses, le ravissaient. Il appréciait qu'elles soient à demi enfoncées dans le sable par le temps et les marées. Les pierres et la grève avaient la même couleur chaude du safran qui contrastait avec le bleu profond de la mer.

Parfois, il aurait voulu être l'architecte de ces monuments qu'on admirait d'emblée, sans qu'il y ait besoin de longues explications. Il imaginait son édifice, narguant les hommes et les siècles.

Ces rêves de grandeur ne l'occupaient pas longtemps. Bien vite, il se rappelait qu'il n'était qu'un jeune homme timide et qu'il aurait du mal à devenir un bâtisseur. Il ne s'en sentait pas la force. Combien d'ouvriers avaient été nécessaires pour élever une telle merveille? Il avait fallu les diriger d'une main de fer.

Il laissait cela à d'autres, plus autoritaires, capables de s'imposer. Aydin peut-être...

Un regard circulaire lui apprit que personne n'avait poussé le zèle jusqu'à visiter ces ruines sous un soleil de plomb.

Rassuré, Arslan revint à son second endroit préféré du site : l'hippodrome.

Il n'en subsistait que des gradins et une piste que la marée, quoique de faible amplitude, envahissait régulièrement. L'eau traçait des zones de différentes couleurs qui allaient du bleu pur au jaune pâle.

L'adolescent vérifia de nouveau que nul ne pouvait le voir. Une seconde, il regretta d'être seul. En même temps, il se réjouissait de pouvoir profiter du site à sa guise.

Alors, il s'élança sur la piste de l'hippodrome, soulevant des gerbes d'eau salées, voulant goûter une dernière fois à ce petit plaisir rituel qu'il s'offrait en arrivant à Césarée.

Quand il était enfant, il avait beaucoup joué à refaire la course de chars de *Ben-Hur*. Il connaissait la scène par cœur : les chevaux blancs du héros, l'attelage noir de Messala. Les couleurs bleues du premier et celles, rouges, du second.

Il mimait aussi les autres personnages à tour de rôle. Celui qui versait sur le côté et qui évitait de peu d'être piétiné par ses concurrents. Le légionnaire qui était emporté par le véhicule qui frôlait le mur de trop près. Il les connaissait tous !

Mais son préféré restait Ben-Hur qui se taisait en voyant son ancien ami, son presque frère, lui décocher des coups de fouet avec un sourire mauvais.

En y repensant, Arslan espéra qu'il n'en arriverait jamais là avec Aydin. Eux, ce n'était pas la politique qui risquait de les séparer mais toujours cet écart de fortune.

Il cessa de cavaler, comme frappé par cette idée en plein élan. Essoufflé, il sentit soudain ses jambes endolories d'avoir lutté contre la résistance de l'eau qui lui arrivait aux mollets. Un point de côté le tenaillait également et il était trempé des pieds à la tête.

Il n'avait plus l'âge de ces bêtises.

Tandis qu'il se redressait, il aperçut un halo clair sur les marches de pierre qui dominaient son terrain de jeu. Pendant qu'il courait à perdre haleine, quelqu'un était arrivé. Son malaise grandit quand il remarqua que la personne qui l'observait était une jeune fille.

Elle ne devait pas avoir plus de seize ans. Mais il distinguait mal son visage à contre-jour. Jolie ? Impossible de le savoir. En tout cas, ses cheveux étaient noirs comme la nuit et prenaient des reflets violets sous la brûlure du soleil.

L'inconnue portait une longue robe blanche qui dévoilait ses bras et ses chevilles pâles. Il l'observa sans pouvoir en détacher ses yeux et se sentit devenir écarlate.

Il ne manquait plus qu'un détail pour que son humiliation soit complète : qu'elle soit jolie. Alors, il se figea et lui rendit son regard, attendant qu'elle bouge enfin.

Ils se dévisagèrent longtemps. Et seul le bruit des vagues, si lointain maintenant, meubla le silence.

Finalement, lassée ou amusée, la jeune fille se détourna et ses traits apparurent en pleine lumière. Arslan sentit son ventre se nouer.

La jeune fille n'était pas jolie, non.

C'était bien pire : elle était belle avec ses lèvres pleines, ses pommettes hautes et douces, ses yeux bien dessinés et son front serein.

3

Arslan fut incapable de se souvenir comment il avait rejoint l'hôtel.

Il répondit à peine aux questions de sa mère qui lui demandait si sa journée s'était bien passée. La porte de sa chambre claqua derrière lui.

Là, il s'observa dans la glace de la salle de bains : ses joues étaient encore écarlates. Il scruta ensuite ses traits, tentant de se jauger. Il avait des cheveux noirs épais qui frisaient dès qu'ils étaient longs. L'eau de mer avait accentué le phénomène : il décida immédiatement de se les laver dans l'espoir de les lisser.

Pour le reste, il ne se trouvait pas si mal. Son visage était régulier, fin, avec encore quelques traces des rondeurs de l'enfance. Puis, il examina la qualité de sa peau. Hormis les endroits qui s'enflammaient un peu à cause de l'action conjuguée du rasoir et du sel, elle était lisse et saine.

Il repensa au profil somptueux de la jeune fille. À l'impression piteuse qu'il avait dû produire en pataugeant dans l'eau comme un gamin. Il décida d'appeler Aydin mais ce dernier avait mis son portable sur répondeur. On captait mal au fin fond de la Cappadoce.

Alors, en l'absence de son ami, Arslan s'inventa sur-le-champ un ange gardien qu'il baptisa Theliel. Un jour de chagrin, il avait erré sur le Web et découvert qu'il existait un ange spécialisé dans la réunion des amants et qui se nommait Theliel. Il le chargea de le rappeler à l'ordre s'il continuait à se comporter comme un imbécile.

Theliel lui ordonna de se calmer et d'aller se doucher. Étrangement, l'ange avait les traits d'Aydin.

Arslan suivit son conseil.

≈≈≈≈≈

Le lendemain, le jeune homme se mit en quête d'excuses pour ne pas retourner à la plage de la vieille ville. Il chercha son père, qui était en réunion d'affaires. Il passa voir sa mère, qui était au spa.

Soupçonnant que Theliel allait lui décocher des coups de pied au derrière, Arslan prit la route des ruines.

Plus il approchait, plus son cœur battait fort. Il s'encouragea intérieurement. De toute façon, la jeune fille ne serait sûrement pas là. Il ne risquait rien.

D'ailleurs, les premiers pas qu'il effectua dans l'hippodrome confirmèrent cette intuition. L'inconnue n'était visible nulle part. Sa respiration s'apaisa presque aussitôt.

Renonçant à courir dans la marée montante, il s'assit sur les gradins pour regarder les flots jouer avec les pierres et le sable. Un soupir venu d'il ne savait où lui gonfla la poitrine. Ses yeux se perdirent dans le mouvement des vagues.

— Hello!

Il sursauta.

La jeune fille était là. Tout près. Il pouvait même sentir son parfum de fleur. Il porta la main à son torse, ne sachant plus si son cœur tressautait de surprise ou de joie.

Il ne répondit pas à son salut. Sans pouvoir se retenir, l'adolescent l'observa longuement. Sa beauté était presque douloureuse à contempler. Une perfection glacée sous le soleil éclatant, une perfection de statue antique.

Soudain, il remarqua un élément qui lui avait échappé jusque-là : elle avait un léger coup de soleil sur le nez. Arslan eut envie de sourire. Ce fut sans doute à cet instant qu'il tomba définitivement amoureux.

Theliel le poussait à lui parler. Il dit en anglais ce qui lui passait par la tête :

— Tu as un coup de soleil sur le nez.

Son ange gardien soupira. Arslan entama avec celui-ci une discussion expresse, arguant qu'il n'avait pensé à rien d'autre.

Au lieu de se formaliser, la jeune fille éclata de rire. Le son délicieux alla perler sur les marches de pierre et lutter avec la rumeur de la mer. Arslan sentit que Theliel se détendait et se retenait de lui appliquer une gifle imaginaire.

— Je m'appelle Bérénice, déclara-t-elle. Et toi?

Elle avait l'accent des gens du pays. Il en déduisit qu'elle était israélienne.

— Arslan.

— Tu arrives d'où?

— Istanbul.

— Moi, j'habite à Tel-Aviv. Tu viens souvent ici?

— Chaque été.

Elle secoua sa chevelure que le vent lui rabattait sur le visage. Arslan ne se souvenait pas d'avoir eu une conversation aussi longue avec les filles de sa classe. À ce moment, il aurait déjà fui ou lâché une remarque désagréable.

— Moi, c'est la première fois. Tu me fais visiter?

Il sentit que Theliel le poussait du coude pour qu'il accepte. Le jeune homme acquiesça.

Avant de se lever, Bérénice sortit un tube de crème solaire dont elle étala une noisette sur son nez.

— Je ne veux pas peler, expliqua-t-elle. Je ne vais pas trop au soleil d'habitude.

Ils descendirent au pied des gradins. Arslan ignorait totalement ce qu'il devait faire.

— Eh bien, je te suis...

Aux abois, il céda aux injonctions silencieuses de Theliel et prit la direction du port qui était, à l'époque de sa construction, au premier siècle avant notre ère, l'un des plus vastes au monde.

— Il rivalisait même avec celui d'Alexandrie, expliqua Arslan.

— Pourquoi y a-t-il une tour posée sur la jetée ?

— C'est une construction des croisés. De nombreux peuples se sont succédé ici : on y trouve des temples romains, les restes d'une synagogue d'époque byzantine, un martyrium chrétien, une mosquée. Certains ont été construits sur le même emplacement. Mais je n'aime pas le côté du port où ils ont installé un club de plongée, une salle de projection et une galerie marchande.

Les deux visiteurs ne s'attardèrent guère.

Ensuite, l'adolescent la guida de nouveau vers le sud, passant les murailles. Il ne se permettait aucun commentaire, n'osant briser ce rare moment de complicité avec une jeune fille.

Il chercha enfin à la tester en lui montrant le théâtre assez bien conservé.

— Il ressemble trop à l'hippodrome, décréta Bérénice. Et il lui manque la mer.

Pour la première fois, Arslan sourit. Il était d'accord avec elle. Il décida de lui présenter son endroit préféré : elle l'avait mérité.

— Laisse-moi te montrer quelque chose.

Changeant de direction, ils marchèrent jusqu'à l'aqueduc dont des pans entiers demeuraient encore debout, face à la mer, enfoncés dans le sable. Les arches produisaient une ombre douce.

— J'aime bien, décida-t-elle.

Et elle s'installa à l'abri du soleil, adossée contre la pierre fraîche. Arslan l'imita. Ils observèrent un instant les reflets des vagues dans le lointain. Le ciel était bleu comme de l'eau et l'on ne distinguait plus la ligne d'horizon.

— Tes parents sont là pour le forum ? demanda-t-elle encore.

— Le forum ?

Occupé à se lamenter, Arslan n'avait pas écouté son père évoquer les raisons de leur présence à Césarée. Mais il se rappelait confusément qu'un forum d'affaires y était organisé chaque année. Dans sa distraction, il l'avait oublié.

— Mon père travaille pour une entreprise de restauration industrielle : Restène, expliqua Bérénice. Tu connais peut-être ?

Il en avait entendu parler. Elle ajouta après une pause, en ayant l'air de s'excuser :

— C'est le fondateur et le PDG.

— Antakya Bankasi.

— Pardon ?

— C'est la banque de mon père, précisa Arslan. En Turquie, elle est l'une des plus importantes.

Ils se turent tous les deux. L'adolescent était stupéfait de trouver une jeune fille qui lui ressemblait. D'ordinaire, les riches héritiers étaient arrogants, remplis de morgue et de certitudes.

Pas Bérénice.

Elle se montrait d'un abord simple, comme si elle ignorait à quel point elle était belle.

Arslan dut s'avouer qu'il se sentait bien avec elle. Il en oubliait l'humiliation qu'il avait subie quand elle l'avait surpris dans l'hippodrome.

Ce fut elle qui, une fois de plus, relança la conversation :

— Toi aussi, tes parents veulent que tu assures la direction de l'entreprise ?

Arslan réfléchit. Son père ne l'avait jamais formulé de manière aussi nette mais il devait espérer que son fils prendrait sa suite. À cette pensée, il se rembrunit. Manier des chiffres, négocier des contrats, équilibrer des comptes, ne l'intéressait que moyennement.

— Je vois que ça ne t'emballe pas non plus, déclara Bérénice qui avait lu sur son visage. Moi, je voudrais prendre une voie complètement différente.

Elle lui lança un regard presque timide et rougit.

— Je n'ai jamais osé l'avouer à personne mais j'ai envie d'écrire. Des romans. C'est idiot, non ?

— Non, dit Arslan, la gorge serrée.

Il était ému de la confiance qu'elle lui accordait en lui dévoilant ses rêves, même s'il était parfois plus facile de se livrer au premier venu qu'à des proches.

Il sentit que Theliel, qui ne s'était pas manifesté depuis un moment, l'invitait à répondre par une autre confidence.

— Je veux être architecte.

Il inspira longuement, étonné d'avoir énoncé ce rêve tout haut. Il y songeait depuis longtemps mais, pour la première fois, il osait enfin le formuler.

— C'est pour ça que tu passes ton temps ici, comprit Bérénice. Tu es un drôle de garçon. Je l'ai vu tout de suite à ta manière d'observer les ruines.

Elle eut un sourire en coin.

— Et à ta manière de jouer dans les vagues, bien sûr, ajouta-t-elle malicieusement.

Arslan devint cramoisi.

— Allez, ne te mets pas dans un état pareil. Tu vois bien que je te taquine!

Elle le poussa d'un coup sur l'épaule, un coup très doux qui laissa le jeune homme rêveur.

Là-bas, à l'horizon, le soleil se couchait. Il était déjà l'heure de rentrer. Ils quittèrent le site.

Arslan n'en revenait pas de marcher à côté d'une jeune fille sans éprouver de gêne persistante. Il ne se sentait pas obligé de lui parler, elle ne semblait pas lui tenir rigueur de son silence. Ils avancèrent jusqu'à la route.

— Tu vas où ? demanda-t-elle.

— Au grand hôtel de la ville nouvelle.

— Moi aussi.

Il eut l'impression qu'une voix d'ange lui chuchotait à l'oreille que le destin était en marche.

Ils se séparèrent d'un commun accord en arrivant en vue du palace. Leurs parents n'auraient sans doute pas apprécié de les voir ensemble, jugeant que les relations entre les sexes devaient attendre encore quelques années. Et puis, ils voulaient garder cela pour eux.

Au dîner, Arslan ne mangea presque pas.

Il répondit évasivement aux questions de sa mère. Il ne tendit l'oreille que lorsqu'il entendit son père évoquer Restène. Le PDG s'appelait Hadera. Le nom de son ex-inconnue était donc Bérénice Hadera. Ces sonorités l'enchantèrent.

Il demeura pensif toute la soirée, souriant parfois à des figures invisibles. Au point que sa mère l'accusa d'avoir renoué avec les amis imaginaires de son enfance.

En montant se coucher, il mesura à chaque pas combien le tapis des marches était moelleux sous ses pieds.

Cette nuit-là, il mit longtemps à s'endormir.

4

Les jours passèrent à vive allure. La fin de l'été arriva aussi rapidement que le coucher de soleil de leur premier jour. Chaque matin, les deux adolescents se retrouvaient sur la plage. Bérénice évoquait son enfance, ses goûts littéraires. Ses parents avaient d'ailleurs choisi son prénom en référence à une pièce de théâtre. Elle voyait cela comme une incitation à se consacrer à l'écriture.

Mais son père n'aurait pas voulu en entendre parler. Elle était sa fille unique et il ne concevait pas de livrer sa compagnie à quelqu'un d'autre. Il avait prévu de l'envoyer étudier aux États-Unis pour qu'elle soit formée au mieux à cette tâche, d'où ses études dans le seul lycée américain d'Israël.

Pourtant elle avait déjà en tête un roman d'amour dans le monde des affaires. Les personnages s'inspiraient bien sûr de sa vie mais elle comptait le retravailler afin de se détacher de ses modèles et de parvenir à une histoire universelle.

Arslan l'écoutait avec attention. Il eut la primeur de ses idées de scénario. Souvent il se contentait d'acquiescer, heureux d'être son confident.

Le dernier jour, ils se retrouvèrent pour se dire au revoir.

Le soleil parut plus rouge et plus agressif à Arslan. Son cœur était si gonflé qu'il ne parvenait pas à aligner le moindre mot. Sombre, il se tut.

— Tu repars à Istanbul? demanda Bérénice.

Il hocha la tête. Il osait à peine la regarder de peur de trahir les sentiments qui l'agitaient. Il se forçait à rester immobile, tourné vers la mer. Malgré la chaleur ambiante, un grand froid l'enveloppait. Il frissonnait presque. Même la lumière était devenue obscure.

Ils observèrent un long moment de silence.

— Je t'écrirai, décida-t-elle.

Il ne put s'empêcher de sourire à sa spontanéité. La jeune fille insista :

— Allez, donne-moi tes coordonnées.

De nouveau, elle se pencha vers lui et le poussa de l'épaule. Il sentit sa peau fraîche contre la sienne avec délice. Ils échangèrent leurs adresses mail.

Le soir arriva.

Avec un soupir, Arslan se tint devant Bérénice, immobile. Il avait envie de la retenir, de la prendre dans ses bras, de se fondre en elle, dans le sable, dans les pierres chauffées, mais il n'entendait que le bruit de son sang qui lui battait aux tempes.

Il ne bougea pas.

— Tu m'écriras, toi aussi? demanda Bérénice.

Elle semblait inquiète. Sa voix était blanche, tremblante. Il s'en voulut de lui donner l'impression qu'il restait indifférent. Mais son corps était de marbre.

Il haussa les épaules.

Theliel, bouche bée, n'eut même pas la force de le maudire. Bérénice était là, vulnérable, hésitante. Un vent léger fit danser les pans de la robe blanche qu'elle portait lors de leur première rencontre.

Arslan sentit sa gorge se serrer. Il aurait voulu fuir. Bérénice sourit, elle semblait cependant au bord des larmes. Comment n'avait-il pas vu plus tôt qu'elle était aussi délicate ?

Finalement, elle prit son courage à deux mains et s'avança vers lui. Elle déposa un baiser sur sa joue. Il tressaillit sous le contact moelleux de ses lèvres.

Elle lui lança encore un regard brillant avant de partir. Elle murmura quelque chose comme un adieu, si bas qu'il ne l'entendit pas.

Arslan se retrouva seul sur la plage, empêtré dans sa timidité.

— Tu es vraiment un crétin, déclara Theliel par sa bouche.

L'adolescent ne le contredit pas. L'ange avait parfaitement raison.

5

Arslan retrouva le lycée américain d'Istanbul. Ses parents n'avaient pas voulu que leur fils rejoigne les établissements turcs qu'ils jugeaient trop rigides, dépassés et nationalistes.

C'était presque un miracle qu'Aydin ait également pu intégrer l'école. Il avait reçu une bourse d'excellence qui lui permettait d'assister aux cours, même si nombre de ses camarades aimaient railler ses tenues usées. Mais les moqueries s'effaçaient devant le charme d'Aydin.

Arslan fut accaparé par la préparation des examens. Au printemps, il devrait passer le concours national pour entrer à l'université. Bien sûr, il avait aussi la possibilité de poursuivre ses études en école de commerce. Mais, pour l'instant, il préférait la fac où il pourrait s'inscrire en architecture. Il avait pris la décision cet été, grâce à Bérénice.

Bérénice.

Il se forçait à ne plus penser à elle. Aucun message. Il n'avait pas le courage d'effectuer le premier pas et de la contacter. Son silence lui faisait mal.

Aydin l'interrogea longuement sur ses vacances. Il avait senti que son ami avait changé sans pouvoir se l'expliquer.

— Alors, tu as trouvé la femme de ta vie ?

Arslan ne répondit pas. Il détourna la conversation. Aydin l'observa un moment en silence mais il n'insista pas. Par la suite, ils n'évoquèrent plus le sujet.

Pendant toute l'année, Arslan ne songea qu'à Césarée. Les images de mer bleue et de plage blanchie tournaient en permanence dans son esprit. En revanche, il avait réussi à effacer Bérénice de ces photographies mentales. Ainsi, il parvenait à ne pas souffrir de son absence ni de son silence.

Le premier janvier, il reçut un message.

Les mots dansèrent devant ses yeux quand il découvrit le nom de Bérénice dans la case de l'expéditeur. Plus tard, quand il fut calmé, le sens lui apparut.

Elle lui demandait de ses nouvelles. Donnait des siennes. À travers ses phrases courtes et douces, il reconnaissait la manière de parler de la jeune fille. Mais le contenu du message le déçut. Il n'y avait rien d'intime, rien de personnel. Elle n'évoquait même pas Césarée.

Il lui répondit d'une manière très formelle, présentant ses vœux pour la nouvelle année. Après avoir effacé, ré-écrit et corrigé trente fois sa missive, il l'envoya enfin, les mains moites.

— Tu es bien sombre aujourd'hui, remarqua Aydin au retour des vacances. Même pour toi, c'est une espèce de record.

— Laisse-moi tranquille!

— Pas de problème. Je ne suis que ton ami après tout...

— Excuse-moi, je ne voulais pas être désagréable. J'ai trop de travail en ce moment.

Aydin n'eut pas l'air de le croire mais il s'abstint de tout commentaire. Il souffrait de la distance qu'Arslan avait instaurée entre eux depuis la fin de l'été. Mais Arslan ne parvenait pas à le rassurer. Il se murait dans le mutisme.

Finalement, ce message de Bérénice lui avait fait plus de mal que de bien. Ils s'écrivaient comme de vagues connais-sances. Et c'était peut-être ce qu'ils étaient après tout. Dix jours à peine sur une plage israélienne ne suffisaient pas pour nouer des liens éternels.

L'ange Theliel, qui ne s'était pas manifesté depuis ce moment-là, l'invita à la patience.

✤✤✤

L'attente finit par payer. Une semaine plus tard, un nou-veau message apparut dans sa boîte électronique. L'objet aiguisa sa curiosité : « Pour toi ».

Il ouvrit le mail et découvrit qu'il contenait une pièce jointe assez volumineuse. Bérénice écrivait qu'après de nombreuses hésitations elle lui envoyait son manuscrit. Elle estimait que la première lecture lui revenait car c'était lui qui l'avait incitée à écrire. Qu'il voie cela comme une forme de remerciement.

Arslan en fut surpris. Il ne se rappelait pas avoir encouragé la jeune fille autrement qu'en l'écoutant avec attention. Peut-être cela avait-il suffi.

Tremblant, il ouvrit le fichier.

Les pages s'affichèrent. Il les lut, les relut, alla se coucher avec des images ou des fragments de phrases en tête.

Au matin, il les relut une troisième fois et décida que c'était magnifique.

Le début du roman racontait une rencontre sur la plage de Césarée dans l'Antiquité. Une jeune reine de Palestine apercevait pour la première fois le roi de Commagène. Le style dont usait Bérénice pour mettre en scène ses personnages était d'une grande beauté. On y sentait une sensibilité à fleur de peau.

Le roi de Commagène parlait peu mais chacun de ses gestes était analysé. Elle le comprenait. Et Arslan ne put s'empêcher de s'imaginer sous les traits du souverain. Il se reconnaissait dans cet homme jeune, puissant, dont l'ambition était d'être un bâtisseur d'empire.

Quant à la reine de Palestine, son nom n'était jamais cité, mais il n'était pas difficile d'y reconnaître Bérénice.

Pour le reste, toutes les sensations qu'il avait éprouvées à Césarée étaient parfaitement retranscrites. Il avait l'impression de sentir le sable sous ses doigts, la caresse du vent, la gangue d'eau et de sel sur son corps.

Bérénice avait du talent.

Le lendemain, Arslan fit lire le manuscrit à Aydin. Son ami consulta les chapitres avec lenteur et concentration, tandis qu'il tournait comme un fauve en cage.

— Alors ? demanda-t-il quand Aydin reposa les feuilles.

— Cette fille est clairement amoureuse de toi...

Cela ne semblait pas le ravir.

— Qu'est-ce que je dois faire maintenant ? s'enquit Arslan avec anxiété.

— Tu éprouves la même chose pour elle ?

— Je crois...

Un voile passa sur les yeux noirs d'Aydin. Il sourit, pâle.

— Quand tu seras sûr de tes sentiments, réponds-lui et dis-lui tout.

Après un silence, il ajouta :

— Tu es un vrai cachottier, espèce de don juan des plages !

Ils rirent ensemble et leur amitié s'en trouva renforcée.

Le soir, il répondit à Bérénice, évoquant son livre avec des mots choisis. Mais au dernier moment, il s'arrêta. L'écrit n'était pas le bon moyen de se déclarer. Il préférait l'avoir en face de lui pour cela.

Il se demanda si elle serait à Césarée cet été encore. Alors il lui avouerait son amour.

Le cœur battant, il fit glisser son message vers la corbeille.

6

La fin de l'année arriva.

Bérénice n'avait pas envoyé la suite de son roman et Arslan n'avait pas osé la lui réclamer. Pris par le concours national et les inscriptions en faculté, le jeune homme se retrouva soudain, étourdi, dans les premières chaleurs de l'été.

Sa mère vint le voir, inquiète.

— Mon chéri, je pense que tu ne vas pas être content d'entendre cela mais ton père est de nouveau invité à ce forum de Césarée. Bien sûr, si tu préfères...

Arslan l'interrompit.

Grand seigneur, il joua celui qui prend sur lui. Il trouva des accents héroïques pour dire qu'il consentait à aller là-bas une nouvelle fois mais que ses parents lui seraient redevables de son dévouement.

Sa mère repartit, à la fois étonnée et soulagée par l'attitude de son fils.

Dès qu'elle eut fermé la porte, Arslan entama une danse de la victoire qui, pour être désordonnée, n'en fut pas moins dynamique, même si elle laissa Theliel de marbre.

Il appela aussitôt Aydin pour lui demander son avis.

— C'est moi. Je voulais que tu saches que je retourne à Césarée !

Son ami montra moins d'enthousiasme que prévu. Il laissa passer un silence avant de répondre :

— *Tu vas retrouver ta reine de Palestine ?*

— Je ne sais pas si elle sera là.

— *Tu as pensé à regarder la liste des invités au forum ? Elle doit être en ligne...*

— Aydin, tu es formidable ! Je t'embrasserais !

— *Mais oui*, répliqua ce dernier. *Personne d'autre que moi n'y aurait pensé.*

Arslan coinça son mobile entre sa joue et son épaule avant d'ouvrir son ordinateur portable. Il visita quelques sites avant de découvrir sur celui du forum le nom de Hadera. Ainsi, Bérénice serait sans doute là, elle aussi. Il explosa de joie.

— *Calme-toi, Arslan, tu me déchires les oreilles ! Si les gens savaient à quel point tu peux être insupportable en privé... Tu as montré cet aspect de toi à ton amie ?*

— Un peu. Malgré moi.

Le rouge au front, Arslan repensait à son imitation de la course de *Ben-Hur*. Heureusement, par la suite, il avait corrigé cette impression.

— *Dis-moi*, reprit Aydin, *pourquoi ne demandes-tu pas directement à l'intéressée si elle viendra te retrouver sur la plage ? Au moins, tu ne passerais pas les prochains jours à t'angoisser.*

— Tu sais bien comment je suis. Je n'arrive pas à me montrer naturel avec elle. Mais tu m'as beaucoup aidé...

— *Vraiment ?*

Arslan lui raconta qu'il était souvent guidé par un ange gardien nommé Theliel, préposé aux relations amoureuses, et qui lui prodiguait ses conseils.

— Il te ressemble un peu, précisa-t-il.

— *Je suis flatté*, fit Aydin d'un ton circonspect, *même si les anges n'ont pas de sexe...*

Un instant, Arslan se demanda si son ami n'était pas jaloux, ou envieux de sa relation avec Bérénice. Un an avait passé et on ne le voyait toujours pas sortir avec la moindre fille. Peut-être ne parvenait-il pas à trouver la bonne personne ?

— Ne t'inquiète pas. Toi aussi, tu rencontreras quelqu'un qui changera ta vie.

— *Oh, c'est déjà fait, rassure-toi.*

— C'est super ! Et alors ? Pourquoi tu ne me la présentes pas ? Tu as honte de moi ?

— *C'est compliqué...*

Cette fois, Arslan le soupçonna d'inventer une relation pour éviter les questions embarrassantes.

— Je la connais ? insista-t-il.

— *D'une certaine manière, mais je ne t'en dirai pas plus.*

Étant donné qu'Aydin avait dû engager la conversation avec toutes les filles de l'établissement ou presque, il devenait hasardeux de tenter la moindre déduction.

— En tout cas, si tu vis le grand amour, il faudra que tu m'en parles !

— *Crois-moi, tu seras le premier au courant*, rétorqua son ami avant de raccrocher.

⁕⁑⁂

Les derniers jours avant le départ furent une épreuve pour Arslan et ses parents. Il passait de l'exaltation à l'abattement et sa mère ne savait plus sur quel pied danser.

Il luttait à chaque instant contre la tentation d'écrire à Bérénice. Ayant relu son début de roman, il en connaissait certains passages par cœur.

Souvent, il se repassait le long discours qu'il avait imaginé avec l'aide de Theliel. Sa déclaration débutait par une remarque anodine sur les ondulations de la mer et glissait ensuite subtilement vers les mouvements du cœur.

Le fait de sentir que Bérénice éprouvait des sentiments pour lui le libérait. Car comment expliquer autrement qu'elle les mette tous les deux en scène dans une histoire d'amour antique ?

En ces instants, il parcourait de nouveau les descriptions du roi de Commagène.

Et puis, les doutes ressurgissaient. S'agissait-il bien de lui ? Non, le personnage était trop assuré. Ténébreux, mystérieux, il n'avait aucun rapport avec le jeune homme farouche et inquiet qu'il était.

Comment Bérénice pouvait-elle s'intéresser à un garçon quasi muet et immature ? Ou alors, peut-être avait-il changé ? Le discours qu'il avait tenu sur l'architecture de Césarée, il n'en avait jamais tenu de pareil à personne d'autre. Elle avait dû prendre sa timidité pour du mystère.

Songeur, Arslan s'enfermait dans sa chambre jusqu'à l'heure du repas.

Il pensait aux cheveux noirs de Bérénice, à sa robe blanche, au coup de soleil sur son nez le premier jour. Il avait envie de voir le vent jouer dans ses mèches brunes, souffler des grains de sable sur ses chevilles.

Il se rendait compte tout à coup qu'il avait examiné de très près la jeune fille. Des bribes lui en revenaient par flashs.

Les yeux de Bérénice.

La bouche de Bérénice.

Sa voix.

Pour la première fois, il se sentait amoureux et il était heureux d'éprouver cette délicieuse souffrance.

7

Enfin, il se retrouva à Césarée.

À peine eut-il posé le pied à l'hôtel qu'il voulut courir vers la plage. Mais de nombreux obstacles se dressèrent sur son chemin. Sa mère lui réclamait son emploi du temps pour la semaine. Son père avait un dîner avec des clients le soir même et Arslan devait y assister afin d'apprendre certaines ficelles du métier.

Il dit oui à tout et se précipita vers la vieille ville.

Il arriva devant le site, essoufflé et en sueur. Il prit un instant pour retrouver sa respiration, mais son cœur ne se calma pas.

Il voulut se réciter des fragments de son discours amoureux. Il n'y parvint pas. Les mots lui échappaient à la manière de bulles de savon. Ils éclataient dans sa mémoire.

Malgré tout, il avança. La sensation du sable sous ses pieds l'apaisa. Il retrouva un peu de courage.

Une fois de plus, l'endroit était désert.

Arslan erra entre les monuments en ruines. Il observa les courbes des bâtisses. Son imagination lui dessina des immeubles inspirés de l'architecture antique et byzantine, frappés du sceau de la modernité et des influences de Sinan, le grand architecte classique ottoman. Il voulait réconcilier toutes les strates historiques de la Turquie et, en même temps, ne pas se fermer à l'avenir.

Enfin, il arriva devant l'aqueduc. Bérénice n'y était pas. Il en éprouva comme un trou au ventre. Où pouvait-elle être ?

Pourquoi s'en étonner après tout ? Il ne lui avait pas demandé si elle venait et ne lui avait donné aucun rendez-vous…

L'ange Theliel chercha à le rassurer : elle n'arrivait peut-être que le lendemain soir, voire plus tard. Quelqu'un avait pu la retenir à l'hôtel.

Mais Arslan s'assombrissait à mesure que les secondes passaient. Elle l'avait oublié. Elle se trouvait en Californie à admirer des surfeurs au corps lisse et bronzé. Ou pire encore !

Arslan se torturait avec une certaine délectation.

Il ne méritait pas qu'une telle fille s'intéresse à lui. Le hasard d'un été le lui avait fait croire mais ce n'était qu'une coïncidence. À présent, il s'agissait de revenir à la réalité.

Il finirait sa vie seul, abandonné, triste et misérable dans ses grandes constructions vides.

Puis, en avançant malgré tout vers le cirque, espérant toujours, il aperçut un point lumineux sur les gradins.

C'était elle!

Il s'arrêta, frappé par cette vision. Bérénice était assise, les yeux tournés rêveusement vers la mer.

Elle ne portait pas sa robe blanche mais une chemise bleue et une jupe assortie qui rappelaient les uniformes scolaires. Cela ne l'empêchait pas d'être magnifique.

Arslan demeura en admiration devant elle pendant de longues secondes. Il espéra que la marée allait noyer le monde et qu'il pourrait la sauver de ce nouveau déluge.

Mais les vagues restaient sages. Elles se satisfaisaient d'avoir envahi la piste de l'hippodrome une fois de plus. L'eau n'avait jamais été aussi bleue qu'aujourd'hui.

Enfin, la jeune fille se tourna vers lui. Son sourire fut douloureusement beau. Elle lui adressa un petit signe de la main.

Arslan parvint enfin à décoller ses pieds du sable.

Il marcha à elle comme un condamné à mort. Son cœur battait si fort qu'il avait l'impression d'être sourd. Il monta les marches de pierre. Le ciel immense et pur lui donnait le vertige. Il s'assit à côté de la femme qu'il aimait, retrouvant son parfum frais.

— Hello! dit-elle doucement.

Il eut l'impression d'être revenu un an en arrière. Il voulut parler mais sa gorge était si sèche qu'il en fut incapable. Son visage se ferma. Il reculait alors qu'elle était là, si proche.

— Comment vas-tu ?

Il haussa les épaules pour toute réponse. Theliel soupira avec désespoir. Le regard de Bérénice revint sur la mer. Elle ne semblait pas se formaliser du mutisme de son ami.

Arslan réfléchissait aux phrases qu'il avait préparées mais aucune ne trouvait plus grâce à ses yeux. Il serrait les lèvres pour ne pas laisser échapper la moindre bêtise.

Finalement, il songea au roman de Bérénice. Il aurait voulu lui en réciter quelques lignes par cœur mais il craignait de se tromper, de buter sur des mots, de se ridiculiser. Encore.

Theliel l'encouragea à parler à grand renfort d'insultes et de grossièretés.

Arslan céda.

— J'ai lu ton bouquin, lâcha-t-il sur un ton bien trop dur.

Bérénice parut accuser le coup. Elle se troubla, commença une phrase, rougit, tenta un rire détaché.

— Oh, ça ? Ce n'est rien ! Je ne sais même pas pourquoi je te l'ai envoyé...

— Mais... s'enhardit-il.

— Je n'ai pas envie d'en parler, trancha-t-elle.

Il perdit toute contenance et se terra dans un nouveau silence. Rien ne se déroulait comme il l'espérait. Jamais il n'avait été aussi loin de la jeune fille alors qu'il aurait pu la toucher rien qu'en allongeant le bras.

Un abîme venait de se creuser entre eux.

Non, leur histoire ne pouvait tourner ainsi au naufrage !
Il se concentra. Son ange lui adressa une bourrade d'encouragement. Arslan ouvrit la bouche pour protester.

Mais Bérénice s'était détournée de lui. Elle observait la mer, les sourcils froncés. Il suivit son regard.

Là-bas, sur la plage, quelqu'un venait d'émerger des flots.

8

Arslan vit se matérialiser son pire cauchemar sous ses yeux.

Le nageur apparut en entier. Avec ses cheveux blonds mi-longs, son torse glabre et musclé, il faisait penser à une publicité vivante pour le surf californien. Il secoua la tête et des gouttes d'eau s'envolèrent dans le soleil. On se serait cru dans un clip de boys band.

Arslan se tourna, le sourire aux lèvres, pour partager ce moment avec Bérénice mais elle n'avait d'yeux que pour l'inconnu. Elle le dévorait littéralement du regard.

Arslan n'avait jamais assisté à un coup de foudre en direct mais il eut l'impression cuisante que c'était ce qui se déroulait devant lui. Brusquement, il n'existait plus pour elle. Il se sentait rejeté à l'autre bout du monde. Le soleil soudain parut moins chaud.

Là-bas, le jeune homme repéra Bérénice. Impuissant, Arslan vit leurs yeux se rencontrer.

Une vague de colère le traversa. Que venait faire cet intrus sur *sa* plage? Dans *son* hippodrome? Il serra les dents.

L'inconnu approcha. Il était grand et athlétique, le sourire blanc. Une tête d'acteur américain. Il y avait bien une fragilité qui transparaissait derrière cette image trop parfaite mais Arslan refusa d'y prêter la moindre attention.

— Salut, dit l'inconnu en anglais, partant du principe que tout le monde parlait cette langue.

— Salut, répondit Bérénice.

Arslan se contenta de grogner. Theliel lui suggérait de se battre pour garder la jeune fille mais il sentait déjà la bataille perdue. Il n'avait pas envie de lutter.

— Je m'appelle Titus Visanto Jr.

Quel prénom ridicule! On le donnait généralement à des animaux de compagnie, non? Arslan échangea plusieurs plaisanteries silencieuses avec son ange. Cela le soulageait un peu de se moquer.

Cependant, le nom de famille lui disait vaguement quelque chose. Il l'avait déjà entendu...

— Moi, c'est Bérénice.

Titus se tourna vers Arslan qui grommela son patronyme avec mauvaise humeur.

— Comment es-tu arrivé ici? reprit la jeune fille.

— En fait, je nageais un peu plus haut. Sans m'en rendre compte, j'ai été entraîné par le courant. Et me voilà! Je peux me joindre à vous?

Arslan voulut protester mais Bérénice fut la plus rapide.

— Bien sûr, minauda-t-elle.

Titus s'assit à même le sable. Il posa sur les ruines un regard conquérant.

— Je ne connaissais pas cet endroit…

— C'est juste la vieille Césarée, expliqua Bérénice.

Arslan reçut les mots en plein cœur. Juste la vieille Césarée ? C'était le lieu de leur rencontre ! Le vestige d'une cité deux fois millénaire ! Il était outré par cette désinvolture.

Titus s'allongea langoureusement, un coude en soutien sous la tête. La position faisait ressortir les muscles de son torse.

— Où te baignais-tu ?

— Devant l'hôtel Dan.

— Oh, s'exclama Bérénice, c'est amusant, nous logeons au même endroit !

En fait, il s'agissait du seul établissement de luxe de la ville. Titus prit un air faussement modeste.

— Oui, mon père est venu assister au forum des investisseurs. Et puis, il adore le golf. À cette heure, il doit être sur le parcours avec des clients ou des associés. D'ailleurs, je dois le rejoindre pour le dîner ce soir. Quelle corvée !

— La noyade aurait pu te sauver, déclara soudain Arslan.

Les mots avaient dépassé sa pensée. Comme d'habitude. Mais Titus, après une seconde de surprise, éclata de rire.

— Tu ne parles pas beaucoup mais j'aime bien ton humour noir, Arsène !

— C'est Arslan.

— Comme le lion de Narnia ?

Cette fois, ce fut Bérénice qui pouffa.

— Je n'y avais pas pensé !

Le jeune homme résista à la tentation de jeter une poignée de sable à la tête de son rival. Pourtant, il répondit d'une voix calme :

— L'auteur a simplement utilisé le mot turc qui signifie « lion ».

— Tu sais, moi, j'ai le nom d'un empereur romain. Voilà ce que c'est que d'avoir des parents PDG : à peine nés, ils nous imaginent déjà en maîtres du monde.

Arslan, qui avait décidé de détester Titus, devait s'avouer que le jeune homme était sympathique malgré tout. Ils approfondirent les présentations :

— Mon père dirige Restène.

— Le mien s'occupe d'Antakya Bankasi.

— Je connais. Moi, mon père travaille pour McNess & Visanto.

— Attends, s'étonna Bérénice, tu veux dire que tu t'appelles comme la plus grande multinationale au monde ?

— Eh oui. Je suis un pauvre petit garçon riche.

Arslan ne laissait pas d'être impressionné, quoiqu'il ne le montrât pas. McNess & Visanto était une compagnie plus puissante que bien des États de la planète.

— Je sais ce que vous allez dire, reprit Titus. On raconte beaucoup de mal sur nous. Mais je suis destiné à prendre les rênes des fondations de bienfaisance de l'entreprise.

Nous avons des programmes d'aide aux démunis, des ONG qui effectuent un travail remarquable en Afrique, une association de micro-crédit. Certes, nous dégageons des bénéfices importants, certes notre politique est agressive mais nous apportons le progrès avec nous.

Arslan avait presque envie de le croire malgré ce qu'il savait de McNess & Visanto, régulièrement dénoncée pour son manque de transparence et éclaboussée par un grand nombre de scandales.

Le trio bavarda sur la plage jusqu'à ce que le soleil commence à descendre à l'horizon. Titus se leva.

— Je dois y aller. Mon père n'accepterait pas que je sois en retard ce soir. Puis-je vous demander de me raccompagner ? Je ne connais pas le chemin vers l'hôtel depuis ce site.

— Bien sûr, répondit Bérénice, le sourire en dessous.

Arslan les suivit, les bras ballants. Son impuissance le terrassait. À présent sa plage était souillée. Il n'avait pas pu parler à Bérénice de ses sentiments, ni même de ce qu'il avait éprouvé à la lecture de son livre.

Ils revinrent lentement vers la ville nouvelle. Titus et Bérénice marchaient devant, déjà complices. Ils riaient de leurs plaisanteries, se moquant des passants qu'ils croisaient. Arslan suivait, la tête dans les épaules, les mâchoires serrées, n'écoutant pas les mots de consolation de Theliel.

Quand ils furent face à l'hôtel, une longue barre blanche, ils se dirent au revoir. Bérénice regarda Titus entrer en maillot de bain comme si de rien n'était.

Quand elle voulut avancer à son tour, Arslan la retint.

— Attends!

— Qu'est-ce qu'il y a?

Son visage trahissait une forme d'impatience. Il l'importunait. Malgré tout, il voulut évoquer de nouveau le roman.

— J'ai lu ce que tu as écrit et...

Elle l'arrêta, visiblement contrariée.

— Je t'ai dit que je ne voulais plus en entendre parler. Ce n'est pas le moment. Promets-moi que tu n'aborderas plus jamais le sujet.

Il comprit. Elle ne voulait pas que ce Titus soit au courant. Son avis importait déjà plus que le sien.

Arslan promit.

Elle eut l'un de ces sourires doux mêlés de tristesse dont elle avait le secret.

— Merci, chuchota-t-elle en lui déposant un baiser sur la joue.

Après quoi, elle s'enfuit presque. Le jeune homme demeura là, hébété. Son ange lui adressa les pires remontrances pour son manque de courage.

— La ferme! dit-il tout haut.

Puis il monta dans sa chambre.

9

À l'heure du repas, Arslan descendit rejoindre ses parents dans le jardin. Il n'était pas d'humeur à sourire aux associés de son père.

Sa mère l'accueillit au seuil de l'immense pelouse.

— As-tu passé une bonne journée, mon chéri ?

Il haussa les épaules pour toute réponse. Elle ne se démonta pas, habituée aux changements d'humeur de son fils.

— Tu vas être content : cette fois, il y aura des jeunes de ton âge. Tu ne t'ennuieras pas.

Si c'était pour tomber sur des frimeurs comme Titus, cela n'en valait pas la peine. Il alla directement au buffet se servir en petits fours et verrines, traversant un groupe d'hommes et de femmes en costumes de soirée.

Soudain, on lui adressa une claque dans le dos. Il manqua s'étouffer avec le canapé qu'il tentait d'ingurgiter. Il toussa affreusement et se retourna, furieux.

— Toi? s'exclama-t-il.

— C'est amusant qu'on se retrouve encore ici, non? lui répondit Titus.

— Hilarant, maugréa Arslan.

Il jeta un regard sur la tenue de son rival. En smoking, le jeune homme parvenait à conserver la même séduction qu'en maillot de bain, tout en y gagnant une touche d'élégance.

Dans son costume, Arslan se sentait emprunté et mal dégrossi.

Les deux garçons se turent quand Bérénice se joignit à eux. Elle portait une robe fourreau noire et ajustée qui laissait ses épaules nues. Arslan en resta bouche bée.

— Tu es magnifique, voulut-il dire.

Mais les mots se transformèrent en bouillie quand ils passèrent ses lèvres et son compliment tomba à l'eau. Theliel secoua la tête, atterré.

Déjà les regards de Bérénice et Titus s'attiraient comme des aimants. Ils ne paraissaient plus voir le monde autour d'eux.

À cet instant, Arslan fut hélé par sa mère qui voulait le présenter à M. Visanto. Il ne put résister et fut entraîné dans une discussion sur son avenir.

M. Visanto fit l'éloge de sa ville natale, Rome, dans l'État de Géorgie. Il évoqua le Collège qui avait besoin, selon ses dires, d'étudiants comme Arslan. Ce dernier, modestement, chanta les louanges d'Aydin qui méritait cent fois plus que lui d'être admis dans une université américaine.

Tout en parlant, il tentait de repérer Titus et Bérénice.

— Voyons, fit sa mère, tu pourrais au moins écouter ce qu'on te dit.

Elle ajouta en guise d'excuse, se tournant vers M. Visanto :

— Vous connaissez les adolescents : toujours la tête en l'air.

— J'ai un fils de son âge, reprit M. Visanto. Je comprends tout à fait.

Son ton démentait ses paroles. En homme de pouvoir, il avait l'habitude d'être écouté. Arslan le comprit et se força à rester concentré sur les paroles du patron le plus puissant au monde.

Il en profita pour poser des questions sur Titus. Manifestement, tout ce que lui avait raconté le jeune homme était exact. Il devrait prendre les rênes des activités humanitaires de la grande entreprise. Il s'y préparait depuis des années.

Le père de Titus avait dû avoir son fils sur le tard car il semblait vieux et fatigué. À moins que ce ne fût le poids des responsabilités. Il finit par prendre congé, raccompagné par un homme à cheveux blancs qui avait un air sinistre.

Aussitôt, Arslan chercha des yeux Titus et Bérénice.

Il ne trouva personne.

10

Arslan demeura un moment immobile, son verre à la main, incapable de prendre une décision. Theliel lui hurlait de se précipiter à leur poursuite. Il allait perdre toute chance d'être heureux avec Bérénice.

Finalement, il céda et, après avoir déposé sa flûte sur un plateau, il marcha d'un pas rapide vers les buissons du parc. La nuit tombait déjà et les lampes de l'hôtel n'éclairaient qu'à demi la pelouse.

Arslan avait du mal à respirer. Par distraction, il avait avalé quelques gorgées de champagne et l'alcool l'étourdissait.

Où pouvaient-ils être ?

Il foula le gazon gras. Le sang battait dans ses tempes. Il croyait entendre des rires un peu partout autour de lui. Était-ce Bérénice ?

Le jeune homme avançait avec un égarement croissant.

Soudain, il sentit une main sur son épaule. Il sursauta violemment. Le sourire de Bérénice se dessina dans la pénombre.

— C'est moi...

Ces trois mots suffirent à le combler. Il la regarda en silence.

— On allait à la plage avec Titus. Tu nous accompagnes ?

Arslan prit le temps de réfléchir. Il était heureux de la proposition mais il devinait qu'elle ne souhaitait pas sa présence uniquement pour sa conversation. Elle baissait les yeux timidement.

Alors il comprit. Elle lui confiait la mission de veiller sur elle.

— Tu veux que je tienne la chandelle ?

Bérénice rougit sans rien dire. C'était donc cela. Arslan fit taire ses scrupules. Au moins, il serait à ses côtés.

— D'accord.

— Merci ! s'exclama-t-elle en déposant un nouveau baiser sur sa joue.

L'émotion le submergea quand elle attrapa sa main pour l'entraîner entre les fourrés. Ils coururent à perdre haleine, distinguant à peine le chemin devant eux.

Ils arrivèrent sur la plage quelques instants plus tard. Les eaux étaient noires, délimitées par un trait d'écume. Titus se tenait face à la mer, les cheveux délicatement soulevés par le vent du large. Même seul, il prenait la pose.

Il se tourna vers eux. Au lieu de déplorer la présence d'Arslan, il l'accueillit gentiment.

— Ah, on n'attendait plus que toi!

Il embrassa la grève d'un geste ample.

— On sera mieux ici qu'au milieu de tous ces vieux qui se partagent le monde. C'est là que l'univers commence.

Sans prendre garde à son smoking, il s'allongea dans le sable, les bras repliés derrière la tête. Dans la nuit, des milliers d'étoiles scintillaient. On n'entendait même plus la rumeur de la réception.

Arslan s'assit en tailleur. Il goûtait la tranquillité de la nuit avec l'impression de vivre ses derniers moments de sérénité.

Bérénice s'installa dans une posture gracieuse qui lui rappelait celle de la petite sirène de Copenhague. Elle frissonna. La chaleur s'était enfuie avec le soleil. Rapidement, le jeune homme ôta sa veste et la passa sur les épaules nues. Elle le remercia en posant sa tête sur son épaule. Arslan réprima un frémissement.

Titus n'avait rien remarqué, des étoiles plein les yeux.

— J'aime bien venir ici. Mais d'habitude, je suis seul...

Malgré lui, Arslan fut touché par la détresse qui vibrait dans sa voix.

— Tu n'es pas seul aujourd'hui. Nous sommes là, lui dit Bérénice.

— Merci.

Le temps paraissait suspendu. Ils écoutèrent la mer qui inlassablement revenait sur le rivage avant de s'en retirer.

Rien ne se déroulait comme Arslan l'avait prévu. Il s'était imaginé une lutte sauvage entre lui et Titus pour la conquête de Bérénice. Au lieu de cela, son rival s'adressait à lui comme à un ami et il n'éprouvait plus que de la sympathie pour le « pauvre petit garçon riche ».

— Es-tu sûr que ton père ne va pas t'attendre à la réception ? reprit Bérénice. Il ne tarit pas d'éloges à ton sujet.

— Pourtant, on ne se parle plus depuis des années. Il voulait que je prenne sa succession mais je préfère me cantonner aux activités philanthropiques. Il m'en veut. Je suis une grande déception pour lui...

Il semblait sur le point de pleurer. Bérénice s'écarta soudain et alla se blottir contre Titus.

Le froid enveloppa Arslan.

Mais, déjà, Titus avait retrouvé sa joie de vivre. Il se redressa.

— Allez ! Ne nous laissons pas abattre. Après tout, nous sommes à la mer. Ce serait dommage de ne pas en profiter.

Sur ces mots, il ôta sa veste, puis sa chemise. Son pantalon suivit le même chemin. Bientôt, il fut complètement nu sous le regard brillant de Bérénice. Il poussa un cri et courut vers les vagues.

Il plongea dans les flots pour émerger un peu plus loin.

— Alors, vous venez ?

Bérénice se pencha vers Arslan.

— Tu as déjà pris un bain de minuit ?

— Non.

— Moi non plus.

Elle étouffa un rire derrière sa main et commença à ôter sa robe. L'étoffe glissa sur son corps. Arslan se détourna précipitamment.

— Qu'est-ce que tu fais?

— Je ne vais pas me baigner tout habillée!

Il se sentit devenir cramoisi.

Il décida néanmoins de suivre le mouvement. Sans jeter un regard à Bérénice, malgré l'envie qui le tenaillait, il enleva son costume, prenant soin de le replier convenablement. Il conserva son caleçon avant de courir vers la mer.

Le flot l'entoura, étonnamment tiède. Titus nageait non loin.

— Ah, j'ai cru que vous ne viendriez jamais!

— Tu vois que si, répliqua Arslan.

Il aimait la sensation de l'eau tout autour de lui mais les flots noirs l'effrayaient. Il imaginait ce qui pouvait rôder sous la surface opaque.

Un bruit d'éclaboussement le fit sursauter. Mais ce n'était que Bérénice. Quand il se tourna, elle était déjà plongée dans l'eau. Il ne put que deviner la naissance de sa gorge.

— Si on allait aux ruines? proposa Titus.

— Mais c'est très loin! Et puis, le courant risque de nous emporter!

— Allez, ne sois pas rabat-joie! Bérénice, qu'est-ce que tu en penses?

Elle parut hésiter.

— Je veux bien essayer, lança-t-elle finalement. J'ai fait pas mal de natation.

— C'est décidé!

Titus se lança dans un crawl élégant, se laissant porter par les courants. La jeune fille le suivit gracieusement. Arslan, qui avait des souvenirs douloureux de la piscine, tenta de les rejoindre. Mais il avait peur que des poissons l'attaquent. C'était ridicule mais, lorsqu'il sentit un frôlement sur son ventre, il battit en retraite précipitamment.

Il se dirigea vers la plage et sortit de l'eau, à bout de souffle.

Là-bas, Titus et Bérénice ne paraissaient pas s'être rendu compte de sa défection. Ils continuaient à nager vers les ruines. Leurs bras s'élevaient comme pour une danse au-dessus de la surface où se reflétait la lune.

Ils étaient si loin.

Il n'écouta pas les conseils de son ange qui voulait qu'il se rende à Césarée à pied. Épuisé, hagard, il regagna le rivage, s'efforçant de ne pas penser aux deux nageurs.

Après un bon kilomètre de marche, il retrouva ses vêtements repliés. Avec un soupir, il les enfila puis rentra à l'hôtel.

Sa tête était vide. Il pénétra dans le bâtiment comme un somnambule, regagna sa chambre, prit une douche pour ôter le goût du sel qui s'attardait sur sa peau. Puis il se coucha dans un état de détresse avancé.

Les larmes lui firent du bien.

Il s'endormit.

11

Arslan s'éveilla en sursaut.

Il se débattait dans un cauchemar où il incarnait un plongeur qui ne parvenait pas à regagner la surface. La limite des eaux ne cessait de s'éloigner et quand il croyait toucher au but, il se retrouvait projeté en arrière. Et son cœur battait à se rompre.

Il se redressa sur son lit, le front en sueur. Mais ce n'étaient pas ses rêves qui l'avaient sorti du sommeil. On frappait à sa porte.

L'horloge indiquait près de quatre heures du matin. Le jeune homme se leva et alla ouvrir.

— Bérénice ?

— Je peux entrer ?

Il s'effaça. Puis, il se pinça discrètement pour vérifier qu'il n'était plus au pays des songes. La jeune fille avait encore les cheveux mouillés.

Soudain, il eut peur qu'il ne soit arrivé quelque chose d'affreux. Titus s'était noyé. Ou bien, il avait agressé Bérénice. Jamais il n'aurait dû les laisser seuls tous les deux !

— Qu'y a-t-il ?

— Il faut qu'on parle.

Il se rendit compte qu'il était presque nu et alla enfiler un peignoir. Quand il se retourna, la jeune fille était assise sur le lit, éperdue.

— Dis-moi ce qui se passe.

— J'ai besoin d'un peu de temps...

Il avala sa salive avec difficulté, craignant le pire. Il observa Bérénice. Elle ne semblait pas avoir subi de violence.

Les deux nageurs avaient eu le temps d'aller jusqu'à Césarée et de revenir. Quant à Bérénice, elle s'était manifestement douchée. Elle ne portait plus sa robe de soirée mais des vêtements bien plus simples, qui n'ôtaient rien à son charme.

Elle tombait de sommeil. Avant qu'il ait pu protester, Bérénice s'était allongée sur son lit.

— Viens près de moi, s'il te plaît.

De nouveau, Arslan sentit son cœur battre la chamade. Il s'installa à côté de la jeune fille qui se lova contre lui. Il se décala légèrement pour qu'elle ne puisse pas sentir les palpitations de sa poitrine.

Pourquoi était-elle ici ? Avait-elle enfin compris ce qu'il ressentait pour elle ?

Des mots d'aveu lui montèrent aux lèvres. Il allait lui dire son amour quand elle parla :

— Arslan ?

— Oui ?

— Nous sommes amis, n'est-ce pas ?

Arslan ravala sa déclaration et acquiesça.

— J'ai besoin d'un conseil, reprit-elle.

— Dis-moi.

Elle hésita quelques secondes qui furent une torture pour l'adolescent.

— Voilà, lâcha-t-elle enfin, Titus m'a proposé de l'accompagner aux États-Unis l'an prochain.

12

Arslan eut besoin d'une longue minute pour digérer l'information. Il ne comprenait pas ce qu'elle attendait de lui. Voulait-elle des encouragements pour partir ? Cherchait-elle à le rendre jaloux pour l'obliger à se déclarer ?

Dans le même temps, il ne cessait de se répéter que Bérénice allait partir loin de lui. Il avait tant attendu leurs retrouvailles. Pourraient-ils se rencontrer de nouveau sur la plage de Césarée ?

— Tu es bien silencieux…

— Je ne sais pas trop quoi te répondre, avoua-t-il.

— J'ai besoin d'un conseil. C'est une opportunité extraordinaire. J'ai fait toutes mes études au WBAIS, je parle anglais couramment. Je rêve de poursuivre dans le supérieur aux États-Unis.

— Avec Titus, compléta Arslan.

— Avec Titus. Je sais que c'est un peu rapide mais je n'ai jamais éprouvé cela. Crois-tu au coup de foudre ?

— Oh, oui ! soupira-t-il.

Elle se redressa, pleine d'énergie.

— Alors, tu me comprends, n'est-ce pas ?

Il acquiesça douloureusement. Elle était magnifiquement belle dans la lumière tamisée. Arslan se sentit lâche d'être incapable de lui dire la vérité. Cependant, elle lui avait demandé de ne plus parler de ses sentiments. La chose était claire.

Elle se redressa.

— Titus vit à Rome, en Géorgie, au sud-est des États-Unis. Son père est l'un des principaux bienfaiteurs de l'université de la ville. Il acceptera ma candidature, même en plein milieu de l'été. Il cherche à faire affaire avec mon père. Ainsi, je pourrai être avec lui.

Arslan admirait le courage de la jeune fille, prête à tout quitter pour vivre sa passion. Elle refusait les atermoiements. Ils étaient si différents, elle et lui.

— Si tu es décidée, pourquoi es-tu venue me voir ?

Elle baissa les yeux.

— Convaincre mes parents, je peux y arriver. Travailler d'arrache-pied pour mes études, je saurai le faire aussi. Mais j'ai peur de quitter mon pays et de me retrouver seule à l'étranger.

— Tu auras Titus.

— Je ne me fais pas d'illusions, tu sais. Il m'a un peu raconté sa vie là-bas. C'est sa ville. Tout le monde le réclamera. En plus, on devra se cacher de son père. Il ne veut pas que son fils épouse... enfin, sorte avec une fille qui ne serait pas américaine. Il souhaite que l'entreprise reste entre des mains nationales.

Elle se préparait des années difficiles. Il n'en fut que plus admiratif.

— J'aurai besoin d'un ami avec moi, ajouta-t-elle.

Il comprit ce qu'elle sous-entendait.

— Tu voudrais...

— ... Que tu m'accompagnes.

Elle se mordit les lèvres, inquiète.

— S'il te plaît! Je me sens bien avec toi. Il n'y a qu'en toi que j'ai autant confiance. Je t'ai dit des choses que je n'ai jamais confiées à personne.

— Même pas à Titus? fit-il, amer.

— Même pas à Titus.

Il se tut, étonné de la violence des sentiments qui l'habitaient. S'il ne pouvait être l'amant de Bérénice, au moins il pourrait être son ami. Être avec elle. Il ne supportait pas l'idée de son départ.

Il soupira longuement.

— Je vais voir ce que je peux faire.

Devant le visage radieux de Bérénice, il sut qu'il avait donné la bonne réponse.

13

Son premier geste, au matin, lorsque la jeune fille fut repartie dans sa chambre, courant pieds nus sur la moquette du couloir, consista à appeler Aydin.

La sonnerie se répéta longtemps avant que son ami décroche.

— *Arslan ? Tu as de la chance que j'aie du réseau. On est justement allés faire des courses en ville avec ma famille.*

— Est-ce que je peux te parler ?

— *Tout va bien ?* s'inquiéta soudain le jeune homme.

— Oui, oui, rassure-toi. Mais j'ai une décision importante à prendre.

— *Je t'écoute.*

Arslan lui expliqua le déroulement de la soirée de la veille, ainsi que sa conversation nocturne avec Bérénice. Puis, il sollicita son avis.

— Es-tu sûr qu'elle ne joue pas avec toi ?

— Que veux-tu dire ?

— D'abord, si je comprends bien, elle te repousse. Et, quelques heures plus tard, elle se jette pratiquement à ton cou en débarquant dans ton lit en plein milieu de la nuit et elle te demande de l'accompagner aux États-Unis en tant qu'ami... Il y a de quoi se poser des questions, non ?

— Non, dans son esprit tout est clair. Nous sommes seulement amis. Il n'y avait aucune ambiguïté.

— C'est toi qui le dis. Et dans ton esprit, tout est clair aussi ?

— Non, avoua Arslan.

— Tu te condamnes à souffrir. Imagine : quitter ton pays pour elle. La voir tous les jours avec un autre. L'entendre te raconter ce qu'elle fait avec lui. C'est de la torture !

Le ton d'Aydin était monté insensiblement. Il était presque véhément à présent. Arslan sentit sa gorge se serrer.

— Je ne peux pas supporter l'idée d'être loin d'elle, avoua-t-il. Rien que d'y penser, j'ai l'impression qu'une main glacée m'écrase le cœur.

Cette confidence dut émouvoir son ami car il reprit bien plus doucement :

— Je sais ce que c'est... Alors, pars. De toute façon, tu comptais faire tes études aux États-Unis, non ? Ça ne changera pas grand-chose au final. Du moment que tu travailles bien.

— Tu me connais. Je n'ai pas tes capacités, mais je m'en sors.

— Bon, on repart dans la cambrousse. Je vais devoir raccrocher. Prends soin de toi. On en reparle plus tard.

Une fois de plus, malgré sa joie d'être soutenu par son ami, Arslan éprouva de la gêne. Il avait l'impression d'oublier un détail important. Il se souvint qu'Aydin était encore en attente de réponse pour des bourses universitaires. Il risquait de se retrouver dans des établissements de niveau médiocre malgré ses brillants résultats. Mais il refusait toute aide de la part de son ami.

Il descendit précipitamment dans la salle à manger pour le petit-déjeuner. Il n'y trouva que sa mère.

— Où est papa ?

— Ton père est encore fourré au golf. Il s'est trouvé un nouveau partenaire en la personne de monsieur Visanto.

Il ne put réprimer un sourire. Tout cela faisait son affaire.

— Maman, dit-il en s'asseyant, j'ai repéré une université américaine où je veux faire mes études.

— Je croyais que les inscriptions étaient closes…

— C'est un détail, éluda-t-il, moins sûr de lui qu'il ne voulait le laisser paraître. Je souhaite aller au College of Rome.

— En Italie ? Je n'y comprends plus rien…

— Non, je te parle de la ville de Rome en Géorgie. C'est là que se trouve le siège de Visanto.

— Oh, tu as sympathisé avec le fils Visanto…

— Titus Jr. Il m'a proposé de faire mes études là-bas, mentit Arslan.

Il ne cita pas Bérénice. Sa mère n'aurait pas accepté qu'il change d'orientation pour suivre une fille. Mais par amitié pour un Visanto, c'était une autre histoire.

— Ton père sera ravi. Il est justement entré en négociations avec monsieur Visanto pour un rapprochement entre notre banque et son entreprise. Cela permettra de donner corps à leur alliance. Je vais lui en parler tout de suite.

Elle l'embrassa sur le front et partit en abandonnant son œuf à la coque. Un peu étourdi, Arslan brisa pensivement la coquille et fit apparaître le jaune encore coulant. Il songea au soleil et à sa nouvelle vie à venir.

Soudain, alors qu'il avalait un verre de lait, on lui administra une bourrade dans le dos. Il en renversa un peu sur la table.

— Encore toi ? dit-il à Titus.

Le jeune homme semblait fatigué. Ses yeux étaient cernés.

— Je te cherchais, Arslan. Je n'ai pas dormi de la nuit.

Il saisit un petit pain dans le panier de son interlocuteur.

— Je me suis inquiété pour toi. Mais Béré m'a dit qu'elle t'avait vu marcher sur la plage. Et puis, après, aux ruines, on a longuement discuté.

Il se passa la main sur le menton où des poils blonds commençaient à pousser dru.

— Tu sais, j'ai commis des erreurs avant. Mais aujourd'hui, c'est fini. J'ai rencontré Béré et je suis tombé amoureux d'elle. Je voudrais qu'elle vienne avec moi à Rome. Elle m'a dit qu'il y avait une condition : que tu nous accompagnes.

Titus planta ses yeux bleus dans ceux d'Arslan.

— De toute façon, je comptais te le demander aussi. Pour moi, on est un groupe d'amis. On s'est tous connus en même temps, au même endroit. Il n'y a pas de hasard. En plus, je te trouve vraiment sympa. Mais je voulais être sûr que tu accepterais de venir. On a besoin de se serrer les coudes tous les trois. On a vécu les mêmes choses : nos parents qui nous destinent à un avenir tout tracé, la jalousie de ceux qui n'ont rien, la solitude qui entoure les gens de pouvoir. Ensemble, on pourra tout affronter. Et puis, pour être franc, je n'ai pas souvent l'occasion de croiser des personnes qui ne sont pas attirées d'abord par mon nom et par le chiffre d'affaires de mon père. Je ne sais pas si tu l'as ressenti mais j'ai l'impression qu'une connexion s'est établie immédiatement entre nous. C'était comme si le destin nous avait amenés tous les trois sur cette plage, à ce moment précis.

Arslan hocha la tête. Il aurait préféré détester l'enfant gâté qui se tenait devant lui et dévorait le contenu de son assiette mais il en était incapable. Ils se comprenaient. En outre, Titus semblait réellement attaché à Bérénice.

Soudain, Arslan eut une idée.

— J'ai juste une condition... Non, une faveur à te demander, plutôt.

— Je t'écoute.

Titus avait pris un air concentré et sérieux.

— J'ai un ami. Il s'appelle Aydin. On est ensemble au lycée américain d'Istanbul. Il a bénéficié d'une bourse d'excellence pour suivre ses études là-bas. Il aurait besoin d'aide. Hier, ton père a parlé d'argent pour les étudiants méritants...

— Tu voudrais que ton pote intègre l'université de Rome avec nous ?

Arslan n'en revenait pas de sa propre audace.

— Oui.

— C'est tout ? s'étonna Titus avec un sourire. Mais c'est très simple. Je vais signaler Aydin à la direction du College of Rome et, si ses résultats sont aussi bons que tu l'affirmes, ils le prendront sans peine.

— Merci pour lui.

— Non, merci à toi de nous accompagner. Tu es un ami fidèle pour te préoccuper de lui à un moment pareil. Est-ce que je peux aller voir Béré et lui dire que c'est d'accord ?

Arslan hocha la tête. Titus repartit comme une flèche, non sans l'avoir gratifié d'une tape amicale au passage.

Demeuré seul, Arslan ralluma son téléphone et composa le numéro d'Aydin. Il tomba sur sa messagerie.

— C'est encore moi, dit-il. Écoute, je vais te faire une proposition que tu ne pourras pas refuser...

ROME

14

— Te souviens-tu du jour où je t'ai dit que j'hésitais à t'accompagner en Géorgie ? demanda Aydin à Arslan. Eh bien, tu peux oublier. Je suis conquis.

Il contemplait le campus du College of Rome. Au loin, on apercevait les crêtes parallèles des Appalaches, alternant avec des dépressions. Puis venaient des arbres feuillus aux courbes rassurantes.

Plus bas, se dressaient les façades en vieilles pierres des bâtiments universitaires posés sur un gazon impeccable.

Arslan aussi profitait de la vue. Ce qu'il voyait ne correspondait pas à l'image qu'il se faisait des États-Unis. Il s'était préparé à d'immenses villes et des gratte-ciel et il se retrouvait en pleine nature.

— Le matin, des cerfs viennent se promener dans les environs. Comme la chasse est interdite, ils ne sont pas très farouches, expliqua Titus.

Bérénice était à côté de lui. Même s'ils ne se touchaient pas, tous deux ressemblaient à de jeunes mariés. Peut-être s'étaient-ils unis en secret ? Arslan rejeta ces idées insupportables.

— Je vais vous montrer le stade.

Ils le suivirent jusqu'à une immense pelouse entourée de gradins. Le terrain était marqué de lignes parallèles numérotées. À chaque extrémité s'élevaient des poteaux de but.

— Ici, on joue au football, expliqua Titus. Mais cela n'a rien à voir avec ce que vous connaissez ailleurs. Si vous voulez vous intégrer, il faut absolument que vous rejoigniez notre équipe : les Wolves.

— Je parie que tu en es le capitaine, lança Arslan.

— On ne peut rien te cacher.

— Et moi ? s'enquit Bérénice. Je ne vais pas me promener en armure.

Elle avisa les épaulières et les casques à grille que portaient certains joueurs à l'entraînement.

— Pour les filles, il y a toujours la possibilité de faire partie des cheerleaders. Ce sont des gymnastes qui encouragent l'équipe sur le terrain.

— Je connais, merci. J'ai regardé assez de séries américaines. Je ne suis pas sûre que ça m'intéresse.

— Tu verras bien, éluda Titus. Mais si tu veux être populaire, tu en passeras par là. Et puis, cela te permettra d'être toujours près de moi.

Une fille les interpella de loin. Elle portait un débardeur très ajusté et une jupe courte de cheerleader qui mit Arslan mal à l'aise. Aydin ne parut pas s'en formaliser.

La blonde s'approcha d'eux, un large sourire sur les lèvres qui découvrait ses dents blanches jusqu'à la gencive.

— Salut à vous! Bienvenue au College of Rome! Tu me présentes tes nouveaux amis, Titus?

— Voici Beverley. Bérénice, tu partageras ta chambre avec elle.

Les deux jeunes femmes se saluèrent poliment.

— Elle va te faire visiter le Willingham Hall où vous résiderez. Pendant ce temps, nous allons prendre nos quartiers dans le Arp Hall. On se retrouve ce soir?

À regret, Bérénice se laissa entraîner par la pétulante Américaine qui semblait capable de parler sans reprendre jamais sa respiration. Lorsqu'elles se furent éloignées, Titus conduisit les deux garçons vers un bâtiment couvert de lierre.

Ils traversèrent le hall et montèrent à l'étage.

— Ta chambre est par là, indiqua-t-il à Aydin. C'est la quatrième porte à gauche.

— On n'est pas ensemble? s'étonna Arslan.

— Les inscriptions ont eu lieu au dernier moment. Je n'ai pas pu bouleverser l'attribution des places.

— Ce n'est rien, fit Aydin. On se verra pendant les cours.

Il s'éloigna de son côté. Arslan eut l'impression d'abandonner son ami. Mais Titus l'attrapa par le cou et l'entraîna dans la direction opposée.

— C'est là!

Arslan pénétra dans une chambre gigantesque. Chacun y possédait son espace. Il y avait même une petite cuisine au fond de la pièce, dont les fenêtres donnaient sur le parc.

— C'est magnifique! s'extasia-t-il.

— N'est-ce pas? dit Titus avec une pointe de fierté. L'alliance entre la banque de ton père et la compagnie du mien nous confère certains privilèges. J'ai pu décider de la décoration de la chambre.

Il montra une lampe de chevet qu'Arslan trouva quelconque.

— C'est moi qui ai choisi ce modèle, par exemple...

Il s'allongea sur le lit et replia les mains sous sa tête, un peu comme sur la plage deux mois plus tôt. Arslan avait l'impression que Titus avait fait irruption dans sa vie la veille, tant le temps avait filé rapidement.

— Assieds-toi. Il faut qu'on parle.

15

Arslan obéit, s'attendant au pire. Avait-il regardé Bérénice de façon trop insistante ? Pourtant, il s'efforçait de se contrôler...

— Tu t'en doutes, reprit Titus, c'est à propos de Béré.

Arslan se tut, redoutant la sentence.

— Tu sais que je l'aime éperdument... Bientôt, elle finira par apprendre ce que j'ai fait ces dernières années. Des gens bien intentionnés se feront un plaisir de la renseigner. J'ai suivi le parcours de beaucoup de jeunes héritiers. J'ai couru de fête en fête, j'ai bu de l'alcool, j'ai goûté à la drogue. Plusieurs fois, je me suis réveillé dans les draps de filles dont je ne me rappelais même pas le prénom. J'étais en train de me perdre.

— Et tu as rencontré Bérénice.

— Non, tu vas trop vite. Le premier à intervenir a été mon père. Il a décidé que ça suffisait, que je perdais mon temps. Et il avait raison. Mais, comme d'habitude, il a été incapable de m'en parler. Il m'a envoyé son conseiller...

— L'avocat à cheveux blancs ?

— Oui, Paul Innsworth, mon parrain. J'ai toujours été plus proche de lui que de mon père. Je pense que c'est lui qui a compris ce qui n'allait pas. Les affaires, la guerre des marchés, cela ne m'intéressait pas. Je ne me voyais pas travailler à détruire l'autre, à ruiner mes adversaires. Cela aurait été une autre manière de me perdre. Tu comprends ?

Arslan acquiesça. Il était toujours plus à l'aise dans le rôle de confident.

— Bref, Paul m'a proposé de ne m'occuper que de la partie philanthropique de McNess & Visanto. Je n'avais aucune raison de refuser. Je pouvais utiliser cette machine à fric pour faire le bien. Je n'allais pas m'en priver. Quand mon père m'a demandé de l'accompagner à Césarée, j'ai accepté.

Titus soupira.

— Mais rien ne s'est déroulé comme je l'espérais. Il n'avait pas changé. Il se montrait toujours aussi dur. Il m'a eu très tard, avec une femme beaucoup plus jeune que lui. Il n'a jamais su communiquer autrement qu'en donnant des ordres, des conseils à la rigueur. En passant du temps avec lui, afin d'apprendre les ficelles du métier, de me faire connaître des clients potentiels, je me suis rendu compte que cela n'allait pas marcher entre nous. Je ne supportais plus sa présence vaguement hostile. J'étais prêt à tout abandonner pour retourner à mes beuveries...

Un silence passa dans la chambre.

— C'est à ce moment que je vous ai rencontrés. J'avais presque envie de nager jusqu'à épuisement, de me noyer, emporté par les courants. Mais je vous ai aperçus sur la plage, sous l'aqueduc. Vous discutiez si tranquillement. Du coup, je suis revenu vers le rivage. D'une certaine manière, vous m'avez sauvé.

Arslan fut touché par cet aveu.

— Je me suis remis d'aplomb. J'ai décidé de m'engager à fond dans les missions humanitaires de Visanto. Mais j'ai un autre problème…

Il se frotta le menton.

— Voilà, se lança-t-il enfin, mon père a eu une histoire difficile. Il y a vingt ans, il a rencontré une jeune femme dont il est tombé amoureux. Il l'a épousée. Il avait déjà cinquante ans. Il n'avait ni femme ni enfants. C'était un vrai retour de jeunesse pour lui. Mais l'idylle n'a pas duré longtemps. Quelques mois après ma naissance, il a appris que son épouse adorée le trompait. Ce n'était pas le pire. Elle avait pour amant un concurrent direct de McNess & Visanto à qui elle délivrait des informations confidentielles sur l'entreprise.

Titus eut un rire sans joie.

— Tu l'auras deviné, c'était ma mère. Je ne sais pas si elle-même a été dupée par son amant ou si elle a agi par cynisme. Elle n'avait qu'une vingtaine d'années à l'époque et elle débarquait d'Égypte. En tout cas, quand mon père s'en est rendu compte, il l'a renvoyée. Il a simplement attendu qu'elle accouche et lui a demandé de partir. Je ne l'ai pas connue. Elle a disparu et je n'ai jamais pu la retrouver.

Arslan n'osait bouger de peur d'interrompre cette histoire qui le bouleversait. Il songeait à sa famille unie et à la chance qu'il avait.

— Bref, mon père a eu du mal à regagner la confiance du conseil d'administration. Certains contrats importants nous avaient échappé en raison de cet espionnage. Il a dû donner à ses partenaires des gages de confiance en se séparant définitivement de ma mère. Pourtant, je crois qu'au fond de lui il était prêt à lui pardonner. Depuis, une règle tacite veut qu'on ne fasse entrer aucune femme étrangère dans la famille ni dans l'entreprise.

Titus se redressa, il fixa son interlocuteur droit dans les yeux.

— J'ai demandé à Béré de m'épouser. Dès cette nuit-là, sur la plage de Césarée.

Arslan tenta de masquer sa surprise. Bérénice ne lui avait jamais raconté cela.

— C'est la raison pour laquelle elle a accepté de me suivre. Mais tant que mon père sera en vie, elle ne pourra pas devenir ma femme. C'est sordide, mais je dois attendre sa mort. Une fois que j'aurai été désigné par le conseil d'administration comme PDG de McNess & Visanto, je mènerai ma vie comme bon me semble.

Arslan nota que Titus semblait avoir changé d'avis depuis la dernière fois. Il n'était plus question de s'occuper simplement des activités humanitaires du groupe.

— Et en attendant ?

— D'ici là, nous devons être discrets. J'en ai parlé à Béré. Elle est d'accord. On ne peut pas s'afficher comme couple. Je vais devoir compter sur toi pour nous aider. Beverley est une amie également. Elle sera de notre côté.

— Et tu n'aurais pas envie de tout laisser tomber ? De partir avec elle ?

— Réfléchis bien, Arslan : j'ai l'occasion de prendre la tête d'une des entreprises les plus puissantes sur terre ! Je pourrai créer des fondations qui changeront le monde en venant en aide aux plus démunis. Tu n'imagines pas quelle arme cela peut représenter contre la souffrance internationale. J'aurai plus de pouvoir qu'un chef d'État !

Il lui posa la main sur l'épaule.

— Je te le demande en tant qu'ami. Es-tu prêt à nous aider, Béré et moi ?

Arslan hésita à peine avant de répondre, s'interrogeant sur son rôle exact dans cette affaire :

— Oui, je vous aiderai.

16

Presque trois années passèrent.

Pourtant, le temps parut figé à Arslan. Son cœur restait en sommeil, dans une espèce d'hibernation prolongée. Il refusait de réfléchir plus avant à son avenir. Il se consacra entièrement à ses études et au sport.

Arslan et Aydin s'enrôlèrent dans l'équipe de football américain du College. Les Wolves atteignirent deux fois la finale du championnat universitaire de Géorgie sans parvenir à vaincre. La troisième et dernière année, ils étaient bien décidés à l'emporter.

Titus demeurait le capitaine et le premier quaterback. Arslan jouait halfback, le demi-arrière. Sa rapidité lui permettait de dépasser aisément les rideaux défensifs. Quant à Aydin, il occupait le poste de fullback, centre arrière.

Leurs attaques conjuguées se déroulaient souvent de la même manière : Titus s'emparait du ballon, attendait que son ami soit démarqué, effectuait une passe courte et Arslan courait de toutes ses forces en essayant d'éviter les défenseurs. Le travail d'Aydin consistait alors à écarter ses adversaires. Grâce à sa puissance musculaire, il ouvrait une voie franche dans les lignes arrières.

Le trio fonctionnait à merveille, même si l'équipe avait échoué par deux fois en finale universitaire.

Porté par les clameurs des spectateurs, exalté par la tension des affrontements, Arslan en oubliait parfois les remous douloureux de son cœur. Mais il ne pouvait les oublier longtemps. Bérénice ne manquait aucun match.

Poussée par Beverley, qui était devenue sa meilleure amie, elle avait rejoint les rangs des cheerleaders. Depuis le début de l'année, elle assumait même les fonctions de capitaine.

Arslan avait du mal à détacher son regard de l'uniforme bleu et blanc qui soulignait sa taille fine et athlétique. D'autant qu'elle se trouvait toujours en haut de la pyramide humaine, bien visible de tous.

Il sentait croître en lui une jalousie amère qui le dévorait peu à peu.

≈§§§§≈

Titus et Bérénice, malgré eux, formaient le couple le plus populaire du College of Rome. Tout le monde voulait admirer ensemble le capitaine de l'équipe de football et celle des cheerleaders. On ne pouvait imaginer plus romanesque.

Ainsi, les deux amants devaient jouer un couple qui joue à former un couple. Cela facilitait leurs rencontres mais ils se devaient de garder leurs distances. Arslan avait fini par leur trouver un endroit où se rejoindre en toute discrétion : la bibliothèque.

Le bâtiment se situait à mi-chemin de l'Arp Hall et du Willingham Hall. Il restait assez peu fréquenté par les étudiants qui préféraient souvent Internet pour leurs recherches.

À certaines heures, les salles de lecture étaient même désertes.

Arslan devint leur entremetteur. En secret, il allait vérifier que la voie était libre avant de faire venir Titus. Il contactait Beverley qui était chargée d'amener Bérénice.

Arslan était certain que les deux amoureux se retrouvaient parfois dans leurs chambres respectives mais il n'avait jamais pu, ou voulu, s'en assurer.

Les confidents se retiraient ensuite pour ne pas les déranger. Ce fut ainsi qu'Arslan et Beverley passèrent de longs moments ensemble. Sa compagnie était agréable, même si son franc-parler faisait souvent rougir le jeune homme. En tout cas au début. Maintenant, il se sentait plus à l'aise, plus sûr de lui. Ils échangeaient des informations sur leurs amis respectifs.

L'après-midi de la finale universitaire, le rendez-vous clandestin eut lieu comme les autres fois. Cependant, Beverley affichait un air mystérieux.

— Qu'y a-t-il ? demanda Arslan quand ils se furent éloignés dans les rayonnages.

— C'est vrai ce qu'on raconte ?

— Je ne comprends pas de quoi tu parles.

— On dit que le père de Titus est au plus mal...

Arslan haussa les épaules, faussement indifférent.

— Depuis trois ans, on annonce sa mort chaque mois et il est toujours en vie.

Beverley s'entêta :

— Cette fois, c'est grave. Paul Innsworth s'est entretenu longuement avec lui. Les membres du conseil d'administration de McNess & Visanto convergent vers Atlanta. Ils ne se déplaceraient pas sans une bonne raison.

Un frisson remonta le long de l'échine d'Arslan. Si le père de Titus mourait, ce serait la fin de ses espoirs. Plus rien ne viendrait empêcher le mariage de Bérénice. Cette perspective le mettait au supplice. Il avait tenu toutes ces années, remuant ses sentiments en silence.

— Tu es bien grave...

Il n'eut pas la force de lui répondre. Il lui semblait que le sol allait s'ouvrir sous ses pieds pour l'engloutir.

Machinalement, il ne put s'empêcher de lever les yeux et de scruter entre les livres alignés pour apercevoir Bérénice. Elle était là-bas, riant avec Titus. Elle paraissait si heureuse. Peut-être lui avait-il annoncé leurs noces imminentes.

— C'est bien ce que je pensais, soupira Beverley. Tu l'aimes...

— Qui ?

— Ne fais pas semblant, s'il te plaît. C'est insultant à force.

Soudain, elle s'était assombrie.

— Je dois avouer que je n'y croyais pas. On s'aveugle toujours dans ces cas-là.

Arslan arborant un visage neutre, elle se sentit obligée d'expliquer :

— Pensais-tu que je venais uniquement pour aider Bérénice ? J'espérais que tous ces moments passés ensemble nous rapprocheraient, qu'on pourrait voler un peu de bonheur à Titus et Bérénice.

Le jeune homme tombait des nues.

— Pardonne-moi, balbutia-t-il. Je n'avais pas compris...

— Je sais. C'est pour cette raison que j'ai craqué pour toi. Tu ne soupçonnes même pas que quelqu'un puisse t'aimer.

Elle se tut un instant avant de reprendre :

— Mais, je me demande comment tu peux tenir. Tu es leur ami à tous les deux. Comment supportes-tu de les voir ensemble ?

— Jusqu'à aujourd'hui, ça allait...

17

La conversation avec Beverley poursuivit Arslan jusque dans les vestiaires du stade.

Ce soir-là, les Wolves jouaient à domicile contre Atlanta, ce qui leur conférait un avantage certain.

Le temps était chaud, sombre, orageux.

Arslan supportait à peine la tension qui l'habitait. Plusieurs fois, il fut tenté d'aller parler à Titus et de tout lui avouer. Mais, juste avant le match, cela revenait à pénaliser toute l'équipe.

Pourtant, le capitaine, au-delà de la concentration qui lui tirait les traits, paraissait tendu et inquiet. Cela ne fit que conforter Arslan dans ses soupçons : le mariage était imminent. Il écouta à peine la harangue du coach.

Il enfila son casque et ses épaulières et entra sur le terrain sous la musique tonitruante de la fanfare. Le ciel était noir et les projecteurs peinaient à percer l'obscurité qui régnait sur le campus.

La clameur des spectateurs remua le stade jusque dans ses fondations. Les deux équipes se firent face.

Dès que le match s'engagea, le ciel se déchira et cracha une pluie lourde et poisseuse. Les casques se mirent à luire sous les spots. Le vert de la pelouse semblait presque phosphorescent.

Les deux premiers quart-temps, le score resta vierge.

À la mi-temps, les joueurs ne cachèrent pas leur fatigue : ils s'épuisaient à patauger dans la boue grasse. Et leurs adversaires d'Atlanta ne s'en laissaient pas conter.

— Arslan ! l'interpella Titus. À quoi penses-tu ? Tu as raté trois ballons !

Il baissa la tête, penaud.

— Allez, les gars, on se reprend ! Les autres aussi sont crevés !

Arslan ne songeait qu'à Bérénice. Plusieurs fois, il s'était arrêté de jouer pour la regarder, là-bas, vers les tribunes, les cheveux ruisselants. Elle s'éloignait de lui à chaque instant.

Malgré la fumée qui s'élevait des corps en sueur, il avait froid.

Ce fut la reprise.

Atlanta procéda à l'engagement. Son attaque pénétra la défense de Rome et obtint un field goal sur la ligne des vingt yards.

Le ballon passa aisément entre les poteaux.

Atlanta menait 3 à 0.

Elle poussa son avantage en récupérant la balle peu de temps après et parvint à placer un second field goal qui fit monter le score à 6 à 0.

Ensuite, l'équipe adverse se replia et ne prit plus aucun risque.

Ses trois rideaux défensifs demeuraient impénétrables aux attaques de Rome. Chaque assaut s'y brisait invariablement. Arslan ne parvenait jamais à se dégager. Même Aydin peinait face à la puissance des arrières.

Le dernier quart-temps débuta.

Le match durait depuis plus de deux heures et la pluie tombait sans discontinuer. Des mares se formaient sur la pelouse. Arslan pensait à l'hippodrome inondé de Césarée. Il était incapable de réfléchir à autre chose, alors que Theliel l'exhortait à se concentrer. À moins que ce ne fût Titus. Tout se mélangeait dans sa tête.

Trois attaques de Rome se brisèrent encore sur les murailles d'Atlanta. Il ne restait plus qu'une chance de marquer avant la fin du match.

Titus ôta son protège-dents et donna quelques directives :

— C'est notre dernière occasion. Si on réussit un touchdown et une transformation, on mènera 8 points à 6. Arslan, je vais tenter une passe en profondeur. Démarque-toi. Aydin te rejoindra. Faites de votre mieux. J'aimerais rapporter la coupe à mon père...

Sa voix faiblit sur ce dernier mot, malgré sa détermination.

Ainsi, le vieux Visanto était bien à l'article de la mort. Arslan ne se sentit pas le cœur à priver son ami de cette ultime occasion de rendre son père fier de lui. Il oublia ses doutes et son chagrin.

Mentalement, malgré les récriminations de son ange, il adressa une sorte d'adieu à Bérénice.

Il alla se placer comme Titus le lui avait indiqué, soudain soulagé d'un grand poids. La foule avait l'air de hurler moins fort. Les gestes étaient lents. Arslan se sentait enfin lucide.

Titus s'empara du ballon et recula de quelques pas pour lire la défense. Arslan s'élança ventre à terre pour se placer près de l'en-but adverse. Ses jambes devinrent légères.

Il franchit la ligne des quarante, des trente, puis des vingt yards. Jamais il n'avait couru si vite. Son cœur battait, fort et régulier.

Il devinait la présence d'Aydin à son côté. Mais le full-back était distancé et ne parvenait pas à récupérer son retard. Il ne pourrait pas le protéger.

Au centre du terrain, Titus repéra Arslan et lança le ballon de toutes ses forces. Il jouait le tout pour le tout. Le chronomètre affichait encore cinq secondes de jeu.

La balle s'envola dans une trajectoire en cloche, suivant un cap rectiligne. Elle allait atterrir directement dans la zone d'en-but peinte aux couleurs des Wolves. Arslan n'avait plus qu'à attraper la passe au vol et tout serait fini. Cette fois, il ne fallait pas lâcher le ballon.

Mais ses mains étaient aussi sûres que ses jambes. Il poursuivit son sprint sans relâcher un instant son effort.

La ligne des dix yards.

Il se tourna pour apercevoir le ballon qui lui arrivait dessus. Dans ce mouvement, il repéra la silhouette de Bérénice qui lui hurlait des encouragements.

Puis, il vit les yeux écarquillés d'Aydin qui tendait le doigt vers un danger inconnu. Jamais il n'avait autant ressemblé à Theliel.

Arslan sourit. Tout se mettait en place.

Il décolla du sol pour attraper la balle. Comme un coup de poing au ventre. Le cuir s'englua dans ses gants.

Au même moment, le lourd défenseur d'Atlanta le percuta de plein fouet.

Les lampes s'éteignirent.

18

Arslan ne perdit pas connaissance. Il garda les yeux ouverts. Pourtant, il n'entendait plus rien, ne sentait plus rien.

Des étoiles apparurent dans le lointain, des comètes qui se dirigeaient vers lui à toute allure. Il reconnut les projecteurs du stade. Les gradins vacillaient.

Un visage se dressa au-dessus de lui. La grille l'empêchait de le reconnaître. Des gouttes tombèrent, larmes ou sueur. Puis, le joueur ôta son casque. C'était Titus.

Il semblait bouleversé. Les traits altérés, les lèvres tremblantes. Les yeux fous. Sa bouche remuait. Mais Arslan, toujours sourd, ne parvenait pas à déchiffrer ses paroles.

Pouvait-il bouger ? Non. Il ne souffrait pas. En fait, mis à part le chagrin qu'il infligeait à son ami, Arslan se sentait bien. Une sérénité nouvelle l'habitait. Son cœur ne battait presque plus. Ce n'était plus qu'un muscle secondaire, une palpitation lointaine, négligeable.

Une question le tourmentait cependant. Avait-il marqué ? Le touchdown avait-il été accepté par les arbitres ? Il espérait que Titus aurait le pied assez ferme pour transformer l'essai et donner la victoire à l'équipe.

Theliel boudait manifestement car il refusait de lui répondre. Après tout, les résultats sportifs ne le concernaient pas.

Mais déjà une seconde silhouette se dressait à contrejour. Aydin. Malgré les épaulières qui lui conféraient une stature de colosse, il paraissait abattu, vulnérable.

On avait apporté une civière sur le terrain. Plusieurs personnes s'employèrent à soulever le corps d'Arslan. Il craignit un instant d'avoir mal mais ses sensations étaient comme évanouies.

Le choc l'avait anesthésié.

On l'emmena hors du stade. Les spectateurs roulaient des yeux protubérants. Certaines femmes posaient leurs mains sur la bouche, comme pour ne pas crier. Bérénice avait-elle eu le même geste ?

Sa tête dodelinait à chaque secousse. Le décor dansait autour de lui. Toutes ces lumières devenaient éblouissantes. Il fut content d'arriver dans le couloir plus sombre.

Puis, de nouveau, ce fut le noir.

Quand Arslan reprit connaissance, on lui taillait ses vêtements. Il avait toujours son casque sur la tête dont la grille découpait le blanc du plafond. Ces formes géométriques le rassuraient. Cela ressemblait à un plan de bâtiment. Il imaginait des pièces, des portes, des couloirs.

Son projet de construction prenait forme.

Il se souvint alors qu'il n'avait guère songé à l'architecture depuis son arrivée aux États-Unis. Il avait vécu dans un demi-sommeil, repoussant toute réflexion sur l'avenir. Il avait voulu demeurer dans le présent pour ne plus penser. Au passé sur la plage de Césarée. À l'avenir sans Bérénice.

D'ailleurs, avait-elle achevé son roman ? Il aurait bien aimé le savoir.

Dans les moments où elle se confiait à lui, elle ne parlait que de Titus ou de ses difficultés d'étrangère. On ne l'acceptait que parce qu'elle était la protégée du fils Visanto. Paul, l'avocat du père, se montrait toujours poli avec elle, sans plus.

Arslan s'étonna de ce qu'on ne lui enlève pas ses protections. Ses blessures devaient être graves pour que les médecins hésitent.

Il perdait la notion du temps mais il se rendit tout de même compte que son casque était découpé à la scie électrique afin de ne pas mouvoir ses cervicales.

Ce devait être la colonne vertébrale qui était touchée.

Quand il s'éveilla de nouveau, il vit Titus au-dessus de lui qui prononçait des paroles muettes, brandissant une coupe.

Ainsi, les Wolves de Rome l'avaient emporté.

Arslan ne regrettait rien. Il laissait derrière lui une équipe victorieuse et un couple uni.

Peu importait qu'il ne sentît plus son corps. Il inspecta ses membres, un par un. Impossible de remuer le moindre orteil. Et quand des larmes de Titus tombèrent sur son visage, il ne put que deviner leur parcours sur sa joue.

Ses paupières se refermèrent.

~*§§§*~

Ses yeux s'ouvrirent encore. Cette fois, Bérénice était là. Il voyait ses longs cheveux noirs, échappés de sa queue-de-cheval, qui venaient lui caresser le front. Peu de temps avait dû s'écouler depuis la fin du match car elle portait toujours son uniforme de cheerleader.

Cela l'émut.

Il aurait voulu éprouver une dernière fois la sensation de ses mèches passant sur son visage. Il avait eu l'impression d'un souffle frais sur sa peau.

Comme elle était belle! Et si triste!

S'il avait pu parler, il lui aurait dit de ne pas s'inquiéter, qu'il allait bien, qu'il était serein.

Il s'efforça de lui murmurer un adieu, une bénédiction. Qu'elle soit heureuse! Il n'appelait sur lui que l'oubli. Pas de souvenirs douloureux.

La plage de Césarée l'attendait. Il pourrait s'y promener à jamais. Y errant longtemps, seul et tranquille.

Quelqu'un entraîna Bérénice loin de lui et elle disparut.

Il inspira avant de rejeter très lentement l'air par ses narines, comme s'il voulait chasser sa propre conscience.

19

— Tu m'entends ?

S'il avait pu bouger, Arslan aurait sursauté. Il percevait la voix de Beverley où résonnait une sourde inquiétude.

— Je sais que tu m'entends, reprit-elle.

Il la chercha du regard mais elle demeurait invisible. Elle devait être assise sur le côté, hors de vue.

— Tes yeux bougent...

Elle ajouta après un silence :

— Titus et Bérénice ont passé ces dernières nuits près de toi. Mais ils ont dû partir.

Elle attendit encore avant de poursuivre. Elle voulait sans doute être sûre qu'il comprenait bien toutes les informations.

— Le père de Titus... Il est mort vers trois heures du matin. Titus a eu le temps de lui montrer la coupe. Il dit que son père attendait cela pour le laisser, que c'est la preuve qu'il était prêt... Je n'en sais rien.

Elle soupira.

— J'ai tout vu de ton accident. C'était affreux. Cette brute d'Atlanta a tout fait pour te briser. Il t'est rentré dedans alors que tu avais déjà attrapé le ballon.

Beverley s'interrompit de nouveau. Elle devait avoir la gorge serrée par l'émotion.

— Je te demande une chose, Arslan. Il faut que tu ailles mieux. Surtout pour Aydin. Si tu restes comme ça, il ne se le pardonnera jamais. Il se croit responsable de ton accident. C'était lui qui devait t'ouvrir la voie. Je ne sais pas si tu as envie de guérir, je n'en suis pas sûre. Mais pour lui, c'est indispensable.

Elle apparut enfin et ses yeux étaient rouges et gonflés. Le mascara avait coulé sur ses joues.

Une forte émotion étreignit Arslan. Il essaya de tendre les mains vers elle. Impossible.

Cette fois, Aydin se trouvait au-dessus de lui, à moins que ce ne fût Theliel.

Il n'était pas rasé et sa barbe de trois jours lui donnait un aspect viril et beau. Il ne parlait pas, ne pleurait pas. Il se contentait de le regarder de ses prunelles noires et profondes.

— Il paraît que tu peux m'entendre. Cligne des paupières, si c'est vrai.

Arslan s'exécuta.

— Bon. Ce que je vais te dire tient en trois temps. Je te demande de m'écouter sans m'interrompre.

De toute manière, le jeune homme en était incapable. Pourquoi Aydin lui disait-il cela ? Se moquait-il ?

— D'abord, je te présente mes excuses. Je n'ai pas été assez rapide pour te protéger. Jamais tu n'avais couru aussi vite. On aurait dit que tu avais le diable aux trousses. J'ai repéré tout de suite le défenseur. J'ai su immédiatement qu'il voulait te faire du mal. Il était en retard, comme moi, mais il cherchait à te faire payer ton touchdown. Tu n'as pas à le haïr, je m'en suis chargé. Après le match, je suis allé le voir dans les vestiaires. Je ne crois pas qu'il recommencera de sitôt.

Il montra ses mains. Les phalanges étaient couvertes d'ecchymoses et de plaies encore ouvertes. Aydin avait dû frapper de toutes ses forces. Il parlait très vite, comme s'il avait peur de ne pouvoir aller jusqu'au bout. Une chaleur remonta dans la poitrine d'Arslan en voyant les blessures de son ami.

— C'était la première chose que je voulais te dire. La deuxième est plus difficile pour moi. Depuis des années, je te vois te languir après Bérénice. Tu m'as gardé près de toi. Tu m'as traité en ami. Mais je n'ai pas été tout à fait sincère avec toi. Tu as suivi Bérénice ici, non par amitié, mais par amour. Je ne suis pas différent de toi.

Arslan mit du temps à comprendre ce que son camarade lui disait. Tout s'embrouillait dans sa tête.

— Je t'aime, fit-il simplement. Depuis le début. Et il m'a fallu attendre jusqu'à aujourd'hui pour m'avouer que tu ne pourrais jamais m'aimer en retour.

Il soupira.

— Ce n'est pas grave. Le temps console de tout. Tu n'es pas le seul garçon au monde...

Aydin sourit. Il paraissait soulagé.

— Et maintenant, passons à la troisième partie de mon exposé.

Il tira sur le drap et le jeta sur le côté. Puis il s'éloigna et revint avec des vêtements.

— Je sais ce que tu as voulu faire sur le terrain. Tu as cherché à mourir. Ne nie pas!

Arslan avait ouvert la bouche pour protester. Aucun son n'en sortit.

— J'ai beaucoup réfléchi depuis le match. Les médecins ne comprennent pas ce que tu as. Ton corps est indemne. Il n'y a aucune explication à ta paralysie. Mais moi, je sais d'où elle vient.

Il s'approcha de nouveau. Cette fois, ses sourcils étaient froncés sous l'effet d'une colère rentrée.

— Tu as peur, imbécile! Tu as tellement la trouille d'être rejeté par Bérénice que tu es prêt à risquer la mort! Eh bien, je ne l'accepte pas! Si j'ai pu t'avouer mon amour, tu peux bien déclarer le tien à la femme de ta vie!

Tout en parlant, il enfilait à Arslan ses vêtements. Il opérait sans ménagement.

— Il ne reste plus que les chaussures, déclara-t-il enfin. Maintenant, tu vas te lever et aller retrouver Bérénice. Ne m'oblige à te faire le coup du baiser du prince charmant!

Alors, usant de toutes ses forces, il le redressa.

20

La chambre tangua autour d'Arslan. Aydin le portait. Toujours là, toujours solide. Arslan le serra contre lui.

— Merci, balbutia-t-il. Merci pour tout ce que tu m'as dit.

Il était incapable d'en exprimer davantage mais son ami le comprit à mi-mot. Il avait l'habitude de la pudeur excessive d'Arslan.

Comment Aydin avait-il pu supporter de se taire toutes ces années ? Et d'attendre en silence et d'espérer toujours ? Son cœur aurait dû exploser. Peut-être le fait d'être venu aux États-Unis lui avait-il donné le courage de voir clair dans ses sentiments ? Sa famille ne l'aurait sans doute pas accepté.

Arslan sentit des larmes lui monter aux yeux.

— Je suis désolé, murmura-t-il. De ce que je t'ai fait subir. Je n'avais rien deviné !

— On est toujours les derniers à comprendre dans ces cas-là, le consola Aydin.

Il paraissait néanmoins touché.

— Regarde-nous, reprit-il. On se traîne alors qu'une déclaration t'attend. Viens, je t'aide à monter dans la voiture.

Appuyé sur l'épaule de son ami, Arslan tituba jusqu'à la porte. Ils affrontèrent ensemble les cris effarouchés des médecins qui voulaient retenir leur patient et gagnèrent le véhicule d'Aydin garé sur le parking.

Arslan monta à l'arrière et trouva un costume protégé dans une housse.

— On va directement à l'enterrement, précisa Aydin en faisant ronfler le moteur.

— Comment ? bredouilla le passager, égaré.

— Tu es resté trois jours en observation. Depuis, le père de Titus est décédé.

— Beverley me l'a dit.

— Les funérailles ont lieu aujourd'hui. Ils sont tous au cimetière de Rome, devant le tombeau familial.

Arslan ne remarqua qu'à cet instant que la pluie tombait dru sur le pare-brise. Les essuie-glaces peinaient à balayer toute l'eau qui s'abattait sur eux. Une déclaration d'amour pendant un enterrement ?

— Ce n'est peut-être pas le moment d'aller ennuyer Bérénice…

— Au contraire, répliqua Aydin. Tu n'as plus beaucoup de temps pour lui dire ce que tu ressens. Après les obsèques, il n'y aura plus rien pour empêcher son mariage avec Titus.

Tu dois lui parler maintenant. Enfin, attends la fin de la cérémonie malgré tout.

Arslan demeurait étourdi par l'enchaînement des événements. Il hésitait toujours.

— Quand même, je vais être complètement décalé...

— Le conseil d'administration de McNess & Visanto n'a pas tes scrupules. Une réunion est prévue dès ce soir pour désigner le prochain PDG du groupe.

— Dès ce soir !

— Que veux-tu ? Ce sont des hommes d'affaires. Ils sont pressés de repartir de Géorgie et de retrouver leurs bureaux. Tu n'auras pas d'autre occasion de parler à Bérénice.

La voiture arriva devant une grande grille ouverte. Au loin se dressait une colline qui ressemblait à un tumulus. Ses pentes étaient semées de tombes. Aydin alla se garer non loin d'un rassemblement de parapluies.

— C'est là.

Arslan acheva d'enfiler ses habits de deuil. Plus le moment approchait, plus il avait peur.

— Je ne sais pas, murmura-t-il. Je ne sais même pas ce qu'elle éprouve pour moi. Elle est amoureuse de Titus !

— Au moins, tu en auras le cœur net. Ce sera mieux que d'attendre en vain pendant toute ta vie. Tu as le droit d'être heureux... Et puis, comment pourrait-elle ne pas t'aimer ? C'est toi qu'elle a rencontré le premier. C'est à toi qu'elle a parlé de ses projets de roman. Je ne crois pas que Titus soit au courant. Ne t'a-t-elle pas demandé de venir avec elle jusqu'ici ? Non, il y a trop d'indices. Tu dois y aller.

Aydin lui tendit un parapluie et quitta le véhicule.

— Où vas-tu ?

— Je serai avec l'équipe des Wolves. Je ne fais pas partie des invités VIP, moi !

Il lui adressa encore un sourire et s'élança sous les trombes d'eau. Arslan essuya sa bouche sèche d'une main tremblante. Ainsi le moment était venu.

Après une longue inspiration, il sortit à son tour.

21

Là-bas se dessinait un mausolée d'inspiration romaine avec son fronton de temple antique et ses colonnes aux chapiteaux corinthiens. Malgré les intempéries, on avait réussi à allumer des flambeaux, protégés par des bâches blanches qui éclairaient la semi-obscurité.

Dans le ciel, les nuages étaient noirs.

Arslan s'approcha timidement. Il reconnut de loin les visages des dirigeants de l'entreprise. Il y avait même J.-M. Figeac qui occupait de nombreux sièges dans les comités de direction du groupe.

Enfin, le jeune homme repéra Titus. Son ami se tenait très raide, le visage livide, auprès du cercueil. Les prêtres avaient terminé leurs prières et discours. Il était temps d'inhumer le défunt.

Les regards de Titus et d'Arslan se croisèrent.

Un sourire incrédule se dessina sur le visage du capitaine. Mais il reprit bien vite son attitude d'endeuillé. Les invités devaient l'étudier sous toutes les coutures pour voir s'il était digne de succéder à son père.

Arslan chercha Bérénice.

Elle ne se trouvait pas au premier rang. Bien sûr, il ne fallait pas éveiller les soupçons. Pourtant, à voir les coups d'œil furtifs qu'elle s'attirait, beaucoup de monde devait être déjà au courant de sa relation avec Titus.

Lorsqu'elle l'aperçut, derrière ses lunettes noires, elle tendit la main vers lui. Arslan s'avança aussitôt, le cœur battant. Il se plaça à son côté. Comme quatre ans auparavant, elle posa sa tête sur son épaule.

Il frissonna.

Ils n'échangèrent pas un mot. Ils se tinrent simplement l'un contre l'autre jusqu'au terme de la cérémonie. Silencieux et complices.

À la fin, un homme vint les saluer.

— Vous devez être le frère de mademoiselle Hadera, fit-il en désignant Bérénice.

— Juste un ami, bafouilla Arslan en retour.

Il n'était guère à l'aise dans cet environnement. Plus tard, Beverley passa et lui déposa un baiser sur la joue.

— Je suis contente que tu ailles mieux, sourit-elle.

— Je t'ai écoutée, répondit-il.

Elle rejoignit le groupe des cheerleaders. Toute l'équipe de football passa congratuler le miraculé. Arslan serra la main à chaque joueur, étourdi par ce tourbillon de gens.

On lui demanda s'il venait passer la fin de l'après-midi avec les Wolves et leurs cheerleaders. Il déclina, prétextant la fatigue. N'osant tourner les yeux du côté de Bérénice, il espérait qu'elle resterait avec lui.

Les groupes se retirèrent peu à peu : étudiants, professeurs, hommes d'affaires. Titus avait dû suivre Paul, son avocat, pour préparer son intervention de l'après-midi. Bientôt, il ne demeura plus qu'Arslan et Bérénice. De nouveau des flaques se créaient devant eux.

— Partons, murmura Bérénice. Cet endroit me met mal à l'aise.

Une voiture avec chauffeur les ramena. Ils se taisaient tous deux. Sur le trajet, la pluie cessa sans que le ciel fût entièrement dégagé de sa couche grise.

Quand le véhicule s'engagea dans le campus, Bérénice voulut profiter de l'éclaircie.

— Pouvez-vous nous laisser là ?

Ils descendirent. Le parc et ses vieux chênes resplendissaient sous la lumière délavée. Cela ressemblait à un début du monde.

— Te souviens-tu de nos promenades à Césarée ? demanda Bérénice.

— Tout le temps, chuchota Arslan.

Elle passa son bras sous le sien.

— Je suis contente de n'être qu'avec toi. Depuis que le bruit s'est répandu de ma relation avec Titus, je n'ai plus une minute à moi. Des hordes de courtisans m'abordent pour me demander des services. Pour eux, mon mariage avec

Titus est imminent. Ils ont fouillé dans le passé et compris que la mort de son père levait les obstacles à notre union.

— Mais comment ont-ils su ? s'étonna Arslan. Nous avions pourtant pris les précautions nécessaires.

Bérénice rougit.

— À la fin du match, après avoir réussi à transformer le touchdown, Titus a couru directement vers moi et il m'a embrassée devant le stade entier.

— Je suis content de ne pas avoir assisté à cela...

La jeune femme releva un sourcil interrogateur. Arslan tenta de se rattraper.

— Après tout le mal qu'on s'est donné pour que vous soyez tranquilles, il a ruiné nos efforts !

— C'est vrai, mais le geste était émouvant. As-tu vu comme il a changé en quelques jours ? Je l'ai regardé pendant l'enterrement, à la lueur des flambeaux, sous les reflets de la pluie. Il était magnifique. Tu sais, il va vraiment révolutionner l'entreprise, la mettre au service du bien.

Doucement, Arslan retira son bras. Il se sentait enfin prêt à parler.

— Il faut que je te dise...

Le souffle lui manqua. Bérénice s'était arrêtée et le fixait sans comprendre.

— Je pense sans cesse à Césarée, à cet été où nous nous sommes rencontrés. Et c'est devenu insupportable. Quand je suis parti à l'hôpital, j'ai cru que je mourais. Aujourd'hui, j'ai l'impression de démarrer une nouvelle vie. Je ne veux pas la passer dans le silence...

Une fois de plus, il s'interrompit. Le regard de la jeune femme le pétrifiait.

— Je t'aime, dit-il enfin, se souvenant des paroles d'Aydin. Depuis le début. Et jusqu'à ce jour, je n'osais pas m'avouer que tu ne m'aimerais jamais en retour.

Elle demeura sans réaction. Angoissé, il enchaîna :

— Je vais partir. Avant que votre mariage soit prononcé. Je ne pourrais pas me tenir devant toi et Titus sachant que...

— Tais-toi ! siffla Bérénice.

Elle avait détourné le regard. Quand ses prunelles revinrent se poser sur le jeune homme, elles flamboyaient.

— Comment oses-tu ? s'emporta-t-elle. Titus enterre son père !

— Mais...

— Pendant trois jours, tu as été entre la vie et la mort. On a cru te perdre !

— Je...

— Je patiente depuis trois ans. Et maintenant que je pourrais me tourner sereinement vers l'avenir, tu viens me troubler avec tes déclarations ? Tu n'as donc aucune pudeur ! Tu étais la dernière personne que j'aurais cru capable de me faire du mal !

Sur ces mots, elle tourna les talons et se dirigea vers le Willingham Hall, laissant Arslan éperdu.

22

Arslan demeura un moment sous la pluie qui avait repris de plus belle. Puis, il avança comme un somnambule dans les allées du parc.

Incapable de penser, il attrapa son portable et appela Aydin.

— *Alors ?* demanda ce dernier sans détour.

— J'ai fait ce que tu m'as dit. Je lui ai tout avoué.

— *Quelle a été sa réaction ?*

— Elle m'a renvoyé mon amour au visage et m'a planté là.

Il y eut un silence.

— *Arslan, je suis vraiment désolé...*

— Non, c'est toi qui avais raison. Maintenant, je suis fixé. Elle ne veut pas de moi. C'est définitif.

— *Veux-tu que je te rejoigne ?*

— Non, je préfère être seul. Je dois préparer mon départ.

— *Ton départ ?*

— Je n'ai plus rien à faire ici. Je vais prendre le premier avion pour Istanbul. J'aimerais bien voir ma famille.

Aydin tenta de le dissuader :

— *Pas de décision irréfléchie. Tu vas manquer la remise des diplômes, les cérémonies de fin d'année. Tu n'as pas à t'en aller, tu n'es coupable de rien. Au contraire, tu es le héros qui nous a permis de remporter la finale contre Atlanta ! Profite un peu de ton nouveau statut !*

Avec toutes ces émotions, Arslan en avait presque oublié le match de football. Il avait toujours rêvé d'être admiré par ses camarades et, maintenant que ce jour était arrivé, il s'en moquait éperdument.

Son ami s'inquiéta de son silence.

— *Allô ? Tu m'entends ?*

— Oui, je t'entends et je vais parfaitement bien. Mon corps en tout cas. Mais je ne peux pas rester et assister au mariage de...

Il n'acheva pas.

— Ce serait trop dur. Je préfère partir. Sur une coupure franche.

— *Mais tout n'est peut-être pas perdu. Tu m'as expliqué que l'entreprise Visanto ne voulait plus que ses dirigeants épousent des femmes étrangères.*

— N'en dis pas davantage, le coupa Arslan. Plus de faux espoirs. Plus rien. Seulement le silence.

Il raccrocha. Sa voix le trahissait.

Le jeune homme se rendit compte que, tout en parlant, il avait marché jusqu'au Arp Hall. Il secoua sa tête détrempée et gravit lentement les marches du bâtiment.

Trois ans auparavant, il les avait montées en compagnie de Titus. Il voulait croire encore que tout restait possible. Quelle erreur!

Il étouffait presque à chaque marche. Le poids du passé pesait sur ses épaules.

Pénétrant dans le hall, il avisa la silhouette grise de Paul Innsworth qui venait vers lui. L'avocat le frôla en inclinant poliment le buste, oiseau de mauvais augure.

— Il vous attend…

Arslan se figea un instant. Que pouvait donc lui vouloir Titus? Il aurait déjà dû se trouver à Rome, au siège de Visanto pour se présenter devant le conseil d'administration.

Un frisson lui remonta la colonne vertébrale. Son ami avait-il appris ses aveux de la bouche de Bérénice? Était-il venu se battre?

D'une main tremblante, Arslan poussa la porte.

23

Il trouva Titus allongé sur son lit, les mains repliées derrière la nuque, exactement comme le jour où il avait découvert la chambre. Son ami semblait avoir vieilli. Ses traits s'étaient durcis.

— Arslan, nous sommes amis, n'est-ce pas ?

Ce dernier ne put que hocher la tête. Il resta debout, ne sachant quoi faire de son corps. Il avait peur de renverser des bibelots sur la table s'il levait le petit doigt. Alors, il ne bougea pas, attendant la sentence.

— Tu sais que j'aime Béré comme un fou, lança Titus.

Ce n'était plus une question.

— Depuis trois ans, je ne vis que pour elle. Bien sûr, je n'ai pas pu m'occuper d'elle autant que je l'aurais voulu. Avec la maladie de mon père, j'ai dû endosser lentement les habits du successeur. Paul m'y a beaucoup aidé. Je sais que, pendant de longues périodes, elle restait seule et que c'est toi et Beverley qui lui teniez compagnie. Vous nous avez permis de nous retrouver en secret.

Il eut un rire triste.

— La bibliothèque me rappelait un peu la plage de Césarée. Nous étions seuls au milieu de ces trésors culturels et nous ne parlions que de nos sentiments.

Titus se redressa. Il était toujours en tenue de deuil.

— J'ai changé, Arslan. Elle m'a transformé. Depuis notre arrivée ici, je lui suis resté fidèle. Pas une fois, je n'ai cédé à la tentation d'aller à une fête bien arrosée. J'ai pu me concentrer sur mon travail, l'ambition de ma vie. Je lui dois tout.

Il soupira.

— Eh bien, cette femme qui m'aime et que j'aime en retour, je dois la quitter.

Arslan crut n'avoir pas bien compris.

— La quitter ? bredouilla-t-il.

— Ne me demande pas de le répéter. C'est trop douloureux.

— Mais pourquoi ?

Arslan était perdu. Titus se redressa, les traits affaissés sous l'effet du chagrin.

— Je viens de parler avec Paul. Il a sondé les membres du conseil d'administration. Je pensais que le décès de mon père lèverait les obstacles à mon mariage mais ces imbéciles n'ont toujours pas oublié la trahison de ma mère ! Ils se méfient de l'Égyptienne alors qu'elle a disparu depuis plus de vingt ans ! Pour eux, épouser Béré serait faire entrer le loup dans la bergerie. Et puis, Restène n'est toujours pas dans le giron de McNess & Visanto. Ils ne digèrent pas le fait que le père de Béré refuse de vendre son entreprise. Il pose des conditions inacceptables. En même temps, je le comprends, il a fondé cette affaire et il ne veut pas la brader.

Titus s'assit sur le bord du lit.

— Ce que je vais te dire doit rester entre nous.

Arslan acquiesça.

— Je pense que McNess & Visanto va tenter une fusion-acquisition hostile sur Restène. Notre compagnie a besoin de se développer sur le marché de la restauration collective afin d'écouler plus facilement ses produits agroalimentaires. J'ai étudié le dossier : Restène est parfaite pour nous. Si nous en prenons les rênes, nous contrôlerons les marges en maîtrisant toute la chaîne de production et bénéficierons de son puissant réseau de distribution. Mais monsieur Hadera ne veut rien entendre ! Les négociations achoppent depuis trois ans à cause de lui !

Il s'était enflammé au fil de son discours.

— En plus, le conseil d'administration a manifestement peur que je sois manœuvré par la fille de notre concurrent.

— Tu vas obtenir les rênes de la société, intervint Arslan. Tu pourras faire ce que bon te semble.

— Non, car ma relation avec Béré est maintenant de notoriété publique. Comme un imbécile, je suis allé l'embrasser à la fin du match. Je n'aurais pas dû. Mais j'étais tellement heureux de notre victoire et inquiet pour toi. J'ai perdu la tête. Évidemment, ils vont utiliser cet événement pour montrer que je ne sais pas me contenir quand il s'agit de Béré. Cela leur suffira pour m'écarter du poste de PDG. Et je perdrai le fruit de mes efforts.

Arslan secoua la tête.

— Mais si tu aimes vraiment Bérénice, tu pourrais tout abandonner pour elle...

D'une certaine manière, c'était ce qu'il avait fait, lui, en partant pour Rome. Et Bérénice n'avait guère hésité à suivre son amour en Géorgie.

— Ce n'est pas aussi simple, murmura Titus. J'ai un engagement envers elle mais j'ai également un engagement moral envers McNess & Visanto. Tu ne t'en rends peut-être pas compte mais on m'offre un pouvoir unique. Jadis, les États, les empires, les royaumes changeaient l'histoire. Aujourd'hui, cette puissance revient aux multinationales. Notre chiffre d'affaires est supérieur au PIB de bien des pays du monde. Et pas des moindres !

Ses yeux se mirent à briller.

— Imagine cette force d'action au service du bien. J'ai déjà vu ce que je pouvais réaliser rien qu'en m'occupant des activités philanthropiques de l'entreprise. Grâce aux dispositions fiscales, je parvenais même à gagner de l'argent en en donnant à ceux qui en avaient besoin ! Peux-tu te représenter le nombre de personnes que j'aiderais si j'étendais cette démarche à tout le groupe ? Nous avons des parts dans des industries pharmaceutiques, dans l'agroalimentaire : des maladies seraient éradiquées, tout comme la famine !

Il posa sa lourde main sur l'épaule d'Arslan.

— Maintenant, je dois choisir entre mon bonheur personnel et celui que je pourrais apporter à des millions de personnes. Des millions ! Comment ne pas vouloir sacrifier l'amour d'un couple au nom du bien commun ?

Arslan ne trouvait rien à lui répondre. Il demeurait sous le choc.

— Depuis combien de temps sais-tu que tu ne pourras pas épouser Bérénice ? demanda-t-il doucement.

Titus détourna les yeux.

— D'une certaine manière, je m'en doutais depuis le début. J'ai toujours repoussé cette pensée. Elle m'était insupportable. Mais Paul m'a parlé dès le soir de la finale. Là, j'ai su que tout était fini.

— Et tu n'as rien dit à Bérénice ! s'emporta Arslan.

La colère lui montait au nez.

— Depuis trois jours, je cherche la moindre occasion pour lui parler. Mais il y a toujours quelqu'un. Et puis, tu étais à l'hôpital. Mon père...

— C'est une mauvaise excuse et tu le sais très bien. Rien ne devrait t'empêcher de lui avouer ce qui se passe. Elle est encore persuadée que votre mariage est d'actualité !

Titus recula, presque penaud.

— J'ai essayé. Je n'y arrive pas. Plusieurs fois, j'ai eu les mots sur le bout de la langue et je n'ai pas pu. J'ai eu peur de sa réaction, de son chagrin. Et ma gorge se serre. Je ne peux pas lui faire cela. Son cœur va se briser.

— Et comment réagira-t-elle quand elle l'apprendra de quelqu'un d'autre ? Est-ce que ce ne sera pas plus cruel encore d'avoir été maintenue dans l'ignorance ?

Arslan se sentait devenir éloquent sous l'effet de la colère. Il détestait la lâcheté de Titus et haïssait de Bérénice la souffrance à venir.

Paul passa sa tête blanche dans l'entrebâillement de la porte.

— Il est l'heure.

Titus se passa la main sur le visage, pris de court.

— Arslan, je n'ai plus le temps. Je ne dois pas manquer cette réunion du conseil d'administration. Tout va se jouer là-bas.

Il serra la main de son ami.

— J'y vais. Je dois te demander une dernière faveur.

Arslan comprit aussitôt ce qu'on attendait de lui. Une étreinte formidable lui empoigna le cœur.

— Je compte sur toi pour tout dire à Béré!

24

Arslan demeura stupide.

Il était partagé entre le soulagement de n'avoir pas été démasqué par Titus, la douleur à venir de Bérénice et un étrange espoir qu'il rejetait de toutes ses forces.

Il était vidé de son énergie par ces sentiments contradictoires. Le visage de Bérénice flottait devant ses yeux. Il la voyait tantôt en pleurs, tantôt en colère.

Les jambes tremblantes, le jeune homme s'assit sur le lit. Son univers s'écroulait. Un instant, il évoqua la plage paradisiaque de Césarée. Si seulement il avait pu retourner là-bas! Dans ses souvenirs, le site en ruines devenait une île déserte, épargnée par les vicissitudes du monde.

Que devait-il faire? Parler ou se taire? Theliel lui soufflait de profiter de l'occasion.

Mais chaque fois qu'il avait pris la parole, Bérénice s'était fâchée. Elle le préférait sans doute attentif et silencieux.

Soudain, la porte s'ouvrit. Arslan sursauta violemment et renversa la lampe de chevet qui se brisa en tombant.

Beverley apparut dans l'encadrement.

Elle arborait un air inquiet. Arslan tenta gauchement de replacer le luminaire. Toutes ces années pour acquérir un peu d'assurance et il était revenu au point de départ ! Il y avait de quoi désespérer. Combien de temps resterait-il encore un adolescent timoré et maladroit ?

— Est-ce que Titus est là ? demanda Beverley.

— Il vient de partir à la réunion du conseil d'administration.

— Oh, non !

Il leva un œil.

— Quel est le problème ?

— Je voulais lui parler. Bérénice a entendu des rumeurs selon lesquelles son mariage avec Titus n'aurait pas lieu. Comme tu peux l'imaginer, elle est effondrée.

Un court instant, Arslan avait cru que sa déclaration avait suffi à troubler la jeune femme. Même en lui dévoilant son âme, il n'avait pas réussi à l'émouvoir ! La cause était définitivement perdue.

— J'y pense, s'exclama soudain Beverley, tu pourrais la rassurer ! Elle t'écoute, toi. Moi, je ne sais plus quoi faire.

— Non, non...

Il se défendait contre cette idée. Dans son esprit, il ne devait plus jamais revoir Bérénice. Il ne pourrait supporter sa présence.

Beverley mit fin à ses atermoiements.

— Je vais la chercher !

Pris de court, Arslan sortit son portable et appela de nouveau Aydin.

— *Je t'écoute.*

Il expliqua à son ami les derniers événements, s'embrouilla, s'emporta.

— *Bon, si je comprends bien,* résuma Aydin, *tu veux savoir si tu dois être celui qui annoncera à Bérénice que tout est fini avec Titus.*

— Exactement ! Si c'est moi qui le lui dis, elle me détestera encore plus !

— *Ou bien elle sera soulagée que quelqu'un lui dévoile enfin la vérité. Après tout, ce n'est pas toi qui la lui as cachée. Ce n'est pas toi qui la quittes !*

— C'est vrai...

— *Depuis le début, tu tiens la chandelle dans leur couple. Là, tu deviendras l'ami consolateur. Charge Titus. Cela permettra à Bérénice de se séparer plus facilement de lui.*

— Vraiment ?

— *C'est la seule carte qu'il te reste à jouer.*

Arslan dut s'avouer que son ami avait raison. Il s'en voulut d'avoir été convaincu si rapidement. Il voulait partir sans revoir Bérénice et, quelques minutes plus tard, il acceptait une longue discussion avec elle.

— Merci, Aydin. Je ne sais pas ce que je ferais sans toi.

— *Ne fais pas ton sentimental et prépare-toi à affronter une jeune fille délaissée.*

Il raccrocha, la gorge serrée.

Déjà, Beverley revenait vers lui.

— Béré arrive. Sois gentil avec elle. Ce qu'elle vit n'est pas facile.

Elle hésita à ajouter quelques mots, se ravisa et quitta la pièce. Bérénice entra trois secondes plus tard.

25

Bérénice avait pleuré. Le mascara avait coulé sur ses joues mais elle n'avait pas voulu l'effacer.

Elle avança sans un mot et s'assit sur le lit.

Irrépressiblement, Arslan songea à la nuit où elle avait débarqué dans sa chambre d'hôtel. Il gardait de ce souvenir une impression très douce et amère à la fois. Le parfum de la jeune femme lui envahit les narines. Il frissonna.

Souvent il avait rêvé qu'elle le rejoignait. Mais la scène se terminait d'une façon très différente. Il chassa ces idées.

Ses yeux s'attardèrent sur le lit qui avait sûrement accueilli les étreintes de Titus et Bérénice. Arslan s'en doutait car il avait passé de longs moments tout seul dans le salon du rez-de-chaussée, attendant que la visite de la jeune femme s'achevât.

Dans ces moments-là, elle sortait, le rouge aux joues, le désordre dans ses cheveux. Alors, il la trouvait follement attirante et repoussante à la fois. La jalousie lui mordait le cœur.

À présent, il comprenait mieux ce qu'il avait refoulé depuis des années. Le spectacle du couple le torturait. Il se rappelait les réveils en pleine nuit, le corps en sueur, la bouche sèche et le souffle court. Et ces douleurs continuelles dans la poitrine. Son esprit avait occulté les symptômes de sa souffrance.

— Je t'écoute, dit doucement Bérénice.

Sa voix n'était qu'un souffle.

Arslan avala péniblement sa salive. Il lui fallait encore parler.

— Que veux-tu que je te dise ?

— D'abord, pourquoi Titus n'est-il pas là ? Pourquoi est-il à ce maudit conseil d'administration au lieu d'être avec moi ?

Elle s'efforçait de garder une attitude digne et calme mais elle vacillait.

Arslan tenta d'invoquer son ange, mais Theliel le fuyait. Il était seul face à une femme en pleurs. Le moment était venu de tout lui dévoiler et il reculait. En lui-même, il maudit la lâcheté de Titus. Incapable d'articuler la moindre phrase, il garda le silence, espérant vaguement que Bérénice prononcerait les mots terribles.

— Titus me quitte, n'est-ce pas ?

Elle n'attendit pas sa réponse pour poursuivre.

— Depuis le décès de son père, je n'arrive plus à lui parler. Il me fuit sans cesse. Il a toujours de bonnes raisons : un rendez-vous, une réunion. Et je suis toujours plus seule... Pourquoi n'ose-t-il plus me regarder en face ? La dernière fois qu'il m'a embrassée, c'était devant le stade rempli à craquer. Depuis, nous n'avons pas échangé trois mots.

Ses épaules s'affaissèrent.

— J'ai cru qu'il était bouleversé d'avoir perdu son père, mais j'ai le sentiment que ce n'est pas la vraie raison. Ils n'étaient pas si proches. Titus m'a souvent affirmé qu'il portait le deuil de son père depuis des années. Ils ne se parlaient plus. Même quand il lui a apporté la coupe de la finale de football, on m'a raconté que monsieur Visanto regardait ailleurs.

Elle se tut, comme craignant d'en avoir trop dit. Elle releva ses yeux noyés vers Arslan.

— Tu es son ami. Il a dû te confier ce qui n'allait pas. Est-ce qu'il ne m'aime plus ?

— Oh, il t'aime toujours !

Le sourire qui se dessina à travers les larmes de Bérénice lui fouailla le cœur.

— Merci, chuchota-t-elle. C'est tout ce que j'avais besoin de savoir.

Elle se redressa et se dirigea vers la porte. Avant de franchir le seuil, elle se retourna.

— Tu sais, je n'ai pas eu l'occasion de t'en parler mais j'ai eu très peur pour toi après cet affreux plaquage, le soir de la finale. Je t'ai vu tomber comme une poupée. Tu ne bougeais plus. Pendant une seconde, je t'ai cru mort. Jamais je n'ai vécu un moment aussi douloureux.

Elle essuya enfin une larme qui avait tracé un sillon noir sur sa joue.

— Plus tard, à l'hôpital, les médecins ne savaient pas si tu allais t'en sortir. Tu as passé quelques heures dans un étrange coma. Et puis, tu risquais de rester paralysé. C'est un miracle que tu sois parmi nous. Je veux que tu saches que je ne t'oublie pas dans ces circonstances.

Bérénice se détourna, prête à repartir. L'orage allait passer. Malgré les injonctions de son ange qui l'appelait à se taire, Arslan la rappela :

— Attends !

Elle le regarda, étonnée, souriante. Il inspira profondément.

— Tu avais raison, lâcha-t-il. Titus va te quitter.

Le sourire hésita sur les lèvres de la jeune femme avant de chavirer.

— Que racontes-tu ?

— La vérité. Il m'a demandé de te l'annoncer. Son conseil d'administration refuse qu'il épouse une étrangère. Sans parler des problèmes de Restène avec McNess & Visanto.

Elle recula, comme giflée.

— Je ne te crois pas, siffla-t-elle. Titus m'aime ! Il n'agirait pas ainsi !

Arslan, vidé par cet aveu, fut incapable de répondre.

— Cela te ferait trop plaisir ! reprit-elle avec une moue de dégoût. Tu attends ce moment depuis si longtemps !

Son visage s'empourpra. Il baissa le front pour ne plus avoir à subir le feu de son regard. Maintenant, il se détestait d'avoir espéré qu'elle se jetterait dans ses bras en apprenant la rupture de Titus. Qu'avait-il imaginé ?

Puis la colère le prit. Il n'allait pas subir la haine de Bérénice à cause de Titus. Il voulut la retenir mais ne parvint qu'à renverser de nouveau la lampe de chevet.

À cet instant, on frappa timidement à la porte. Bérénice ouvrit le battant et Beverley apparut, une tablette tactile à la main.

— Désolée de vous déranger, dit-elle, mais je pense que tu devrais voir ça, Béré.

Cette dernière l'interrogea du regard.

— C'est la conférence de presse que Titus vient de donner à la sortie du conseil d'administration...

26

Ils se placèrent tous face à la tablette.

On y apercevait des images tremblantes de caméra portée à l'épaule. Devant la façade néo-classique du siège historique du groupe s'élevait une tribune entourée de journalistes qui faisaient clignoter leurs flashs.

Titus apparut, grave et pâle. Il paraissait bien plus que ses vingt et un ans. Il prit la parole avec calme.

Ému, Arslan ne saisit que des bribes de sa déclaration mais elles lui suffirent pour comprendre que le jeune homme en devenant PDG de Visanto était à présent le numéro 2 de la multinationale McNess & Visanto. Il entrait dans le comité de direction et différents conseils d'administration.

En quelques heures, Titus avait endossé le rôle d'un des hommes les plus puissants de la planète. Des sommes vertigineuses défilaient au bas de l'écran, annonçant le chiffre d'affaires du groupe, le nombre d'employés, de filiales.

L'événement n'était pas qu'économique, il était également mondain. Certains journalistes demandaient si Titus avait des projets personnels. Il détourna la conversation. On revint à la charge, évoquant un mariage possible.

— *Ce n'est pas d'actualité*, trancha-t-il.

À cet instant, Bérénice coupa la vidéo. Ses jambes la soutenaient à peine. Elle s'appuya au mur, refusant l'aide de Beverley. Son visage était l'image vivante de la douleur.

Finalement, elle sortit de sa prostration et se tourna vers son amie.

— Que s'est-il passé ? chuchota-t-elle. Il y a trois jours encore Titus m'aimait, il me promettait le mariage. On ne change pas d'avis aussi vite !

Beverley s'éclaircit la gorge.

— Le conseil d'administration ne veut pas d'une étrangère dans le groupe. Nous en avons déjà parlé… J'ai essayé de te prévenir mais tu ne m'as pas crue.

— S'ils le souhaitent, je peux prendre la nationalité américaine !

— Ce n'est pas aussi simple. Ils se méfient de toi. Et puis, ils craignent que tu n'influences Titus au sujet de Restène.

— Comment cela ? Que vient faire l'entreprise de mon père dans cette histoire ?

— Tu sais bien qu'il refuse de la céder au groupe. Ils pensent que tu es solidaire de ton père dans cette affaire et que tu cherches à détourner Titus du projet. Selon eux, tu as une mauvaise influence sur lui. Il ne parle que de philanthropie et d'humanitaire au lieu de s'intéresser à conquérir des marchés. J'ai entendu son parrain évoquer le problème.

— Et alors? s'emporta-t-elle. S'il m'aime, il peut tout quitter! J'ai laissé ma famille et mon pays pour être avec lui! Depuis trois ans, je ne suis qu'une étrangère. On me l'a bien fait comprendre. Tous ces gens qui me sourient ne voient que Titus à travers moi. C'est sa ville, son université. Même toi...

Beverley rougit violemment.

— Ne termine pas ta phrase, prévint-elle. Tu risques de prononcer des paroles que tu regretteras. Je suis de ton côté. Je t'ai toujours défendue. Nous sommes amies! Ne l'oublie pas, s'il te plaît.

Beverley prit Bérénice par les épaules et la poussa à s'asseoir.

— Réfléchissons posément, reprit-elle après quelques secondes de silence. Nous savons que Titus doit donner des gages de confiance à son conseil d'administration. C'est pourquoi il doit rompre avec toi officiellement.

Bérénice gémit.

— Attends. J'ai bien dit officiellement. Cela ne vous empêche pas de vous voir en secret...

À ces mots, Bérénice se redressa, flamboyante.

— En secret? Crois-tu que je le supporterais? Je ne suis pas une maîtresse honteuse. Je refuse qu'on me cache. Nous nous dissimulons depuis trois années et il faudrait que cela continue? Non, j'en ai assez! Je veux que Titus soit fier de moi. Plus de clandestinité! Je ne suis pas un jouet qu'on déplace à volonté et qu'on range quand on n'en veut plus!

Arslan l'observait, plus amoureux que jamais. La douleur de Bérénice l'atteignait en plein cœur. En cet instant, il détestait Titus de toutes ses forces.

Soudain, Aydin fit son entrée dans la pièce.

— Ah! Vous êtes là! Personne ne répond au téléphone!

Il examina le trio silencieux.

— J'imagine que vous avez déjà regardé la conférence de presse...

Beverley acquiesça.

— Je voulais aussi, reprit-il, vous avertir que Titus est en route. Il a semé les photographes et la presse. Il va arriver dans quelques minutes. Il m'a appelé parce qu'il ne parvenait à contacter personne. Il avait peur que... Enfin, vous voyez.

Arslan était content que son ami soit là. Il se sentit moins seul, exilé derrière la barrière infranchissable de la lampe brisée. D'ailleurs, Aydin s'approcha de lui et repoussa l'objet d'un coup de pied.

— Comment vas-tu?

Arslan haussa les épaules.

— Je ne suis pas le plus à plaindre.

— Tiens! fit Beverley. Regardez qui voilà!

Tous se tournèrent vers la porte. Titus venait d'apparaître dans l'encadrement.

27

Dans un silence pesant, Titus s'avança.

— Bonjour, dit-il simplement.

— Que fait-il ici ? demanda brusquement Bérénice.

Elle désignait, derrière lui, la silhouette sombre de Paul Innsworth.

— Je ne veux pas de lui !

— Jusqu'à preuve du contraire, c'est encore la chambre de Titus, plaida l'avocat de son ton doucereux.

— Sortez de là !

Aussitôt Beverley et Aydin, d'un même élan, se dressèrent en rempart pour empêcher le conseiller de pénétrer dans la pièce.

— Vous en avez assez fait, siffla Beverley.

— Laissez-nous régler cela entre nous, murmura Aydin.

Titus lui fit signe de partir.

— Je vous rejoins dans le salon, Paul.

L'éminence grise se retira après une inclinaison du buste.

Quand il fut parti, Bérénice interpella Titus.

— Je suppose que les félicitations sont de rigueur. Est-ce qu'ils t'ont bien applaudi quand tu leur as dit que tu me quittais ? T'ont-ils bien félicité de ta lâcheté ?

Il observa les occupants de la pièce pour montrer qu'il aurait préféré être seul avec elle.

— Tu fais des déclarations à la presse, ce ne sont pas deux ou trois personnes qui vont effrayer le grand patron que tu es devenu. Dire que j'ai cru à tes projets de changer le monde ! Il suffit que ton maître siffle et tu te couches à ses pieds !

— C'est faux, répliqua Titus d'une voix sourde. Je t'ai ouvert mon cœur et je ne t'ai jamais menti. Avant que nous ne venions à Rome, je t'ai expliqué les problèmes que nous pouvions rencontrer. Tu l'as compris puisque tu as accepté de cacher notre relation pendant trois ans !

— Mais tu affirmais que les obstacles disparaîtraient à la mort de ton père !

Il baissa la tête.

— Je me suis trompé. J'ai cru à mes propres illusions. Je désirais tellement être avec toi que j'ai mis de côté tout ce qui pouvait empêcher notre bonheur. Je ne l'ai compris que ces trois derniers jours.

Bérénice se leva brusquement et s'approcha de Titus.

— Si tu m'aimes comme je t'aime, pourquoi nous séparer ?

Elle tenta d'effleurer sa joue du bout des doigts mais il recula.

— C'est un sacrifice nécessaire. Nous avons déjà parlé de ce que je pourrais réaliser à la tête de Visanto. Si cela doit me coûter mon propre bonheur, j'en accepte le prix.

— Et moi? Je ne compte pas?

Titus eut un sourire triste.

— Toi? Au contraire, tu animes toutes mes actions. C'est grâce à toi que j'en suis arrivé là. Sans toi, je ne serais encore que ce pauvre petit garçon riche. C'est toi qui m'as fait mûrir. Je ne pouvais te rendre meilleur hommage que de prendre la direction du groupe.

Arslan et Theliel trouvèrent l'argument un peu trop habile. Ils soupçonnèrent Titus d'avoir répété ce petit discours avec son parrain d'avocat.

— Et puis, ajouta-t-il, réfléchis bien. Le Titus que tu aimes est le fils de monsieur Visanto. Tu ne m'aimerais pas autant si j'étais un simple ouvrier. Nous ne nous serions même pas rencontrés. Ne soyons pas naïfs!

Chacun retenait son souffle.

— Et maintenant? murmura Bérénice qui pleurait des larmes silencieuses.

— Le mieux serait que tu regagnes ton pays. Je suppose qu'Arslan acceptera de t'accompagner.

— Pardon, intervint ce dernier, mais j'ai moi aussi des aveux à faire...

Il inspira profondément en voyant les regards converger vers lui. Son ange lui adressait des signes désespérés pour qu'il se taise.

— Titus, je suis ton ami. Mais je n'ai pas été franc avec toi. Depuis que nous nous connaissons, je suis amoureux de Bérénice. Voilà. C'est tout. Je me devais de te dire la vérité.

Il avait enchaîné ces phrases sans reprendre sa respiration, comme pour se délester d'un poids. Puis, il attendit.

— Je le sais, Arslan, répondit doucement son ami. Tout le monde est au courant, à part peut-être Bérénice elle-même. Tu n'as jamais été doué pour cacher tes sentiments. Ton amitié n'en a que plus de prix à mes yeux.

Il s'approcha d'Arslan et le serra dans ses bras.

— C'est pour cela que je confie Bérénice à tes soins. Si elle est d'accord.

— De toute façon, dit cette dernière, je ne reste pas une minute de plus ici. Arslan, veux-tu bien m'accompagner à l'aéroport ?

Éperdu, le jeune homme hocha la tête.

— Nous nous retrouverons, reprit Titus. Dans quelques années, vous verrez que j'avais raison. La décision que nous prenons aujourd'hui changera la face du monde. J'en suis certain. Je vous le prouverai.

Il embrassa la main de Bérénice, salua Aydin et Beverley avant de se retirer. Poliment, il referma la porte derrière lui.

CÉSARÉE

28

D'abord, Arslan sentit le parfum salé des embruns que lui portait le vent. Puis ce fut le sable sous ses chaussures. Il les ôta pour toucher directement le sol meuble.

Le jeune homme avança encore. Le site se dessinait devant lui. Là-bas le théâtre, puis, au loin, l'hippodrome. Et enfin la plage écrasée de soleil.

Il faisait si chaud que les visiteurs avaient fui. La grève était vide comme aux commencements du monde.

Arslan se retourna lentement.

— Alors ? demanda-t-il. Qu'en penses-tu ?

— Pas mal…

Aydin arriva à sa hauteur. Malgré son ton tranquille, il dévorait le paysage des yeux. Son regard se posait tour à tour sur les reliefs d'architecture antique puis sur la mer ondulante.

— Je suis heureux que tu m'aies emmené ici, conclut-il.

— Je tenais à partager cela avec toi. Nous en avons tellement parlé. Il fallait que tu contemples Césarée de tes propres yeux... Viens.

Il l'emmena à l'ombre de l'aqueduc. Là, l'air était resté frais. Ils s'assirent en silence, contemplant la mer.

— C'est donc là que tu as rencontré...

Arslan se rembrunit.

— Je n'ai pas envie d'en parler.

— Tu sais bien que je n'écoute jamais.

Ils échangèrent un sourire.

— As-tu eu des nouvelles d'elle ? insista Aydin.

— Pas un mot depuis que nous sommes rentrés. Je ne lui ai pas écrit non plus. Un an déjà.

— Mais tu penses à elle, n'est-ce pas ?

Arslan sentit un nœud se former dans sa gorge.

— Tous les jours, avoua-t-il. Pour être franc, j'espérais qu'elle me recontacterait. Je ne voulais pas la déranger. Elle a suffisamment souffert sans que je vienne remuer le passé.

— Peut-être serait-elle contente de recevoir un mot de toi ?

— Pour quelle raison ? Elle a été très claire là-dessus : elle n'éprouve rien pour moi.

— Elle te l'a vraiment dit ?

— Non, mais son ton était éloquent...

Aydin regarda son ami jouer avec le sable. En creusant légèrement la couche sèche, il découvrait les particules encore humides de la dernière marée.

— N'as-tu jamais pensé qu'elle avait été surprise par ta déclaration ?

— Je ne vois pas ce qui aurait pu la désarçonner...

— La première fois que tu as voulu lui faire part de tes sentiments, comment cela s'est-il passé?

Arslan se perdit dans ses souvenirs. Il laissa les grains filtrer entre ses doigts en un filet vaporeux. Il revit l'hôtel et son golf.

— Nous étions devant l'entrée, se rappela-t-il à haute voix. J'ai essayé de lui parler de son roman mais elle m'a coupé tout de suite.

— Si je comprends bien, tu avais lu son manuscrit des mois auparavant sans lui faire le moindre commentaire, ni la moindre allusion. Et quel ton as-tu pris pour entamer la conversation?

— Quelle question! J'avais un ton normal!

— Ah.

Il se tourna vers Aydin, vaguement irrité.

— Qu'est-ce que tu sous-entends?

— Je connais ta manière de parler quand tu es intimidé. Tu es cassant.

— Pas du tout!

— Vraiment?

— Bon, peut-être un petit peu...

Arslan repensa à la scène. Il avait parlé durement comme s'il s'apprêtait à déprécier son manuscrit. Il avait dû effrayer la jeune fille.

— J'ai tout gâché, n'est-ce pas?

— Oh, je pense que ce fut une belle coopération entre Bérénice et toi. Vous avez réussi à saboter votre relation avant même qu'elle ne commence!

— C'est un peu la faute de Titus aussi, non?

Arslan poussa un long soupir avant de reprendre :

— Il a l'air de se plaire à la tête de Visanto. Curieusement, il ne parle plus beaucoup de projets humanitaires, ces derniers temps.

— Nous changeons tous, concéda Aydin. Toi, par exemple, tu as gagné en maturité. Il y a moins d'écart entre l'Arslan épanoui en privé et l'Arslan mutique en société.

— Et toi ?

— Moi, je suis toujours gay si c'est ce que tu me demandes.

Arslan rougit de confusion.

— Ce n'est pas ce que je voulais dire. Je me suis mal exprimé. Je voulais juste savoir si…

Aydin le poussa du coude.

— Je te taquine. J'ai bien compris ce que tu voulais dire…

Il prit un air mystérieux avant d'ajouter :

— Eh bien, oui, j'ai rencontré quelqu'un. Il s'appelle Thierry et il est français. Je vais peut-être aller vivre avec lui à Amiens, dans le nord de la France.

Arslan ne put cacher son émotion.

— Je suis vraiment content pour toi !

Un silence passa entre eux. Le jeune homme s'assombrit. Il n'avait plus personne à aimer.

Soudain, Aydin se leva.

— Où vas-tu ? s'étonna Arslan.

— J'ai un rendez-vous.

— Ton ami est ici ?

— On ne peut rien te cacher.

— Tu pourrais me le présenter! protesta Arslan. Je te dirais si c'est l'homme qu'il te faut. Même si je ne suis pas vraiment un spécialiste...

— Chaque chose en son temps. Tu le rencontreras ce soir. En attendant, tu as un rendez-vous toi aussi...

Sur ces paroles étranges, son ami s'en alla, le laissant seul sur la plage.

Décontenancé, Arslan promena ses regards sur la mer. Il se perdait entre le bleu du ciel et celui des eaux où la blancheur de l'écume répondait à celle des nuages. Un parfum d'infini flottait à la surface de l'onde.

Une silhouette se dessina, tremblante dans la chaleur.

Le jeune homme plaça sa main en visière pour mieux distinguer la personne qui approchait.

Le cœur battant, il reconnut une robe blanche.

Des cheveux noirs.

Il n'osait y croire. Était-ce elle?

— Hello! dit Bérénice de sa voix grave.

— Hello, répondit-il, pris de court. Tu es là...

— Je suis là.

Il comprit peu à peu que cette rencontre ne devait rien au hasard.

— Aydin t'a prévenue que nous venions à Césarée...

— Exact. Tu as un ami précieux.

Elle lui tendit la main.

— Viens, je veux me promener.

Il saisit ses doigts délicats en frissonnant et se releva maladroitement. Dès qu'il fut debout, il relâcha son étreinte, de peur de paraître importun. Il avait du mal à croire à la présence de la jeune femme à ses côtés.

Ils marchèrent un moment sur la plage. Arslan n'osait rien dire, tant il craignait de briser cet instant d'intimité. Elle était là, elle était venue ! Pour lui ? L'émotion l'étranglait presque.

— Au fait, reprit-elle, es-tu au courant pour Titus ?

Il sursauta en entendant ce nom. Il aurait pensé qu'elle souhaiterait l'éviter à tout prix. Il secoua négativement la tête.

— Il est avec Beverley.

— Ah bon ?

Le jeune homme tombait des nues.

— Gentiment, elle m'a appelée pour me demander l'autorisation de sortir avec lui. Comme si j'avais un droit de regard sur la vie de Titus !

— C'est étrange...

— Oh, je ne sais pas s'il y a beaucoup de passion dans leur relation. Ils sont ambitieux tous les deux. Il a besoin d'une fiancée américaine. Leur association sera fructueuse.

— Et comment le vis-tu ? demanda-t-il enfin, surmontant sa timidité.

— Cela me console plus qu'autre chose. Titus a beaucoup changé. Je crois qu'il a été dévoré par son entreprise. Je l'ai eu au téléphone, il y a quelques mois. Il ne parlait plus que de dividendes, de réduction des coûts et de nouveaux marchés à conquérir. Il continue de vivre dans une illusion, comme avec moi.

Ils se turent. Arslan ne savait pas comment relancer la conversation. Il avait l'impression d'étouffer.

— Tu sais, j'ai repris mon roman.

— Celui de la reine de Palestine et du roi de Commagène ?

— Tu t'en souviens ? se réjouit-elle. Je croyais que mon manuscrit ne t'avait pas plu.

— Tu veux rire ? Au contraire, je l'ai beaucoup aimé. J'ai toujours hâte de lire la suite !

Elle s'arrêta brusquement. Il dut retourner sur ses pas et revenir vers elle.

— Bérénice...

Elle lui posa un doigt sur la bouche.

— Attends. Tu as su me dire ce que tu éprouvais à mon égard. Tu as été plus courageux que moi. Moi, je n'ai pas réussi. Je t'ai envoyé mon manuscrit, je t'ai demandé de m'accompagner aux États-Unis, je t'ai rabroué quand tu m'as dévoilé tes sentiments.

Elle repoussa ses cheveux que le vent rabattait sur son visage.

— Quand tu m'as fait ta déclaration sur le campus de Rome, j'ai été surprise. Je refusais d'y croire. Cela arrivait au plus mauvais moment pour moi. Je pensais que tu ne m'aimais pas. Tu comprends, l'histoire que je t'avais envoyée était ma manière de te dire que... Et tu étais resté si froid ! Comme indifférent... Et puis, cette nuit où je suis entrée dans ta chambre, où je me suis jetée dans tes bras, tu n'as rien fait. Je me suis dit que je n'avais plus aucun espoir de ton côté.

— Si...

Arslan avait parlé si bas qu'il ne fut pas certain que Bérénice l'ait entendu.

— Mais j'ai fini par comprendre, après tout ce temps. Et je peux te le dire. Arslan, je suis tombée amoureuse de toi dès le moment où je t'ai vu courir dans l'eau comme un gamin. Je me rappelle avoir pensé : ce garçon est différent des autres. Il ne voudra pas te faire souffrir. Mais j'étais jeune, j'hésitais. Titus était là. Il m'aimait, il me plaisait tellement !

— Pas la peine d'insister trop là-dessus, maugréa Arslan.

Elle se hissa sur la pointe des pieds et déposa un baiser sur ses lèvres. Elle appuya à peine et il eut l'impression d'avoir embrassé la brise.

Quand ils s'écartèrent l'un de l'autre, Arslan crut entendre au loin le rire flûté d'un ange qui résonnait comme un adieu.

Il saisit la main de Bérénice et ils se remirent à marcher, entre le ciel, la mer et la plage.

Sans savoir où leurs pas les conduiraient.

POSTFACE

Il y a quelques années, j'ai lu pour la première fois la pièce de Racine intitulée *Bérénice*. Je n'avais pas particulièrement de goût pour la tragédie classique, c'est pour cette raison que cette lecture arrivait si tard.

À ma grande surprise, l'histoire m'a bouleversé. En particulier la célèbre tirade de Bérénice abandonnée, s'adressant à Titus :

Dans un mois, dans un an, comment souffrirons-nous,
Seigneur, que tant de mers me séparent de vous ?
Que le jour recommence et que le jour finisse
Sans que jamais Titus puisse voir Bérénice,
Sans que de tout le jour je puisse voir Titus ?

Moi qui m'étais penché sur cette œuvre pour me documenter sur l'empereur Titus et ses images littéraires, je me suis retrouvé avec une histoire qui m'obsédait.

Outre le fait que Racine parvenait à écrire une pièce tragique sans aucune mort, les personnages me semblaient très contemporains dans leurs sentiments et leurs émotions : Titus, l'empereur ambitieux, perdant tout courage quand il s'agit de quitter Bérénice ; Bérénice, dont l'amour est trompé et déçu ; Antiochus, le meilleur ami, le confident, qui est secrètement amoureux de Bérénice.

Faut-il l'avouer ? Antiochus, inventé par Racine, est mon personnage préféré. C'est le plus moderne à mes yeux. C'est pour cette raison que j'en ai fait le personnage principal de mon adaptation.

En effet, dès ma lecture, j'ai pensé qu'il était dommage que l'on ne connaisse pas davantage cette pièce. Je l'ai étudiée en cours avec mes élèves mais cela ne suffisait pas.

Dans mon esprit, les héros de Racine avaient les visages d'adolescents d'une série télévisée. Ils étaient sur un campus américain. Quoi de plus logique ? Transposer l'histoire de Rome (Italie) à Rome (Géorgie), d'un grand empire à un autre, la première puissance au monde à l'heure actuelle, m'a paru évident.

L'ambiance de la cour impériale à Rome où tout le monde est soumis aux regards des curieux peut aisément devenir un lycée américain où le fait d'être populaire est une question primordiale. Au lieu d'être un empereur, Titus hérite d'une place au conseil d'administration d'une grande entreprise, dont le pouvoir économique est en passe de surpasser celui des États.

Comment rendre les souvenirs guerriers d'Antiochus et Titus ? Reprenant les codes du film de campus américain, j'ai fait des héros des joueurs de l'équipe de football et de l'héroïne la capitaine de l'équipe des cheerleaders.

D'autres vers célèbres de la pièce m'ont amené à développer un élément nouveau. Antiochus, racontant son amour pour Bérénice après qu'elle est partie à Rome, déclare :

> *Dans l'Orient désert quel devint mon ennui !*
> *Je demeurai longtemps errant dans Césarée,*
> *Lieux charmants où mon cœur vous avait adorée.*

Il fallait donc qu'une partie de l'histoire se déroule à Césarée, lieu de croisement entre de nombreux peuples et de nombreuses religions. Les ruines en sont encore visibles aujourd'hui.

Elles sont, pour moi, à l'image de l'histoire de Titus et Bérénice : elles traversent le temps et nous émeuvent encore.

L'AUTEUR

Né en 1978 à Paris, **Fabien Clavel** a suivi des études de lettres classiques au terme desquelles il est devenu enseignant. De 2007 à 2011, il a enseigné le français et le latin au lycée français de Budapest avant de se réinstaller en région parisienne.

Il est l'auteur de plusieurs romans de fantasy et de science-fiction chez Mnémos et Pygmalion, ainsi que de textes pour la jeunesse chez Mango et J'ai lu dont *La Dernière Odyssée* (Prix Aslan 2007) et *Les Gorgonautes* (Prix Imaginales 2009).

Après *Décollage immédiat*, *Nuit blanche au lycée* et *Métro Z* distingués par de nombreux prix, il signe son quatrième roman chez Rageot.

Les histoires d'amour sont éternelles

in love

CE FEU QUI ME CONSUME

Charlotte Bousquet

À Florence, tout oppose Armando, le sage étudiant
bourgeois et Violetta, passionnée d'équitation.
Auront-ils le droit de s'aimer ?

LE VENT TE PRENDRA

Camille Brissot

Rejeté par Anna qu'il ne peut aimer,
Heathcliff tente d'y survivre
en imaginant une vengeance implacable…

Du même auteur, dans la collection
Rageot Thriller :

Décollage immédiat

En allant à Roissy où sa mère,
hôtesse de l'air, lui a laissé de mystérieuses
instructions, Lana ne se doute pas qu'elle entame
un voyage périlleux d'aéroport en aéroport...

Nuit blanche au lycée

Ce samedi après-midi,
Lana est collée au lycée.
Elle en profite
pour faire visiter incognito
l'établissement à Jérémy
son amoureux.
Au détour
d'un couloir,
ils surprennent
des hommes armés…

Métro Z

Après une explosion
dans le métro,
Emma réalise
que tous les accès
sont condamnés
et que son petit frère
a disparu !
Partant à sa recherche,
elle observe le comportement
étrange des autres passagers :
indolents, marmonnant,
les yeux dans le vague…

Retrouvez la collection

in love

sur les sites www.rageot.fr
et www.livre-attitude.fr

RAGEOT s'engage pour l'environnement en réduisant l'empreinte carbone de ses livres. Celle de cet exemplaire est de :

105 g éq. CO_2

PAPIER À BASE DE FIBRES CERTIFIÉES

Rendez-vous sur www.rageot-durable.fr

Achevé d'imprimer en France en février 2015
sur les presses de l'imprimerie Aubin
Couverture imprimée par Boutaux (28)
Dépôt légal : mars 2015
N° d'édition : 6218 - 01
N° d'impression : 1501.0298